W0470084

Johann Wolfgang Goethe

Hundert Gedichte

Johann Wolfgang Goethe

Hundert Gedichte

Herausgegeben von
Inge Wild

Aufbau-Verlag

ISBN 978-3-351-03090-2

Aufbau ist eine Marke
der Aufbau Verlagsgruppe GmbH

1. Auflage 2007
© Aufbau Verlagsgruppe GmbH, Berlin 2007
Einbandgestaltung Ute Henkel/Torsten Lemme
Vignette Tom Henkel
Typographie Peter Birmele
Druck und Binden Clausen & Bosse, Leck
Printed in Germany

www.aufbau-verlag.de

Inhalt

Aufbruch

Tages- und Jahreszeiten

Liebe und Liebesdialoge

Lieder und Balladen

Klassisches

Natur und Kunst

Gott und Welt

Anhang

Aufbruch

Laßt mich nur auf meinem Sattel gelten!
Bleibt in euren Hütten, euren Zelten!
Und ich reite froh in alle Ferne,
Über meiner Mütze nur die Sterne.

An Schwager Kronos

Spude dich, Kronos!
Fort den rasselnden Trott!
Bergab gleitet der Weg;
Ekles Schwindeln zögert
Mir vor die Stirne dein Zaudern.
Frisch, holpert es gleich,
Über Stock und Steine den Trott
Rasch ins Leben hinein!

Nun schon wieder
Den eratmenden Schritt
Mühsam Berg hinauf!
Auf denn, nicht träge denn,
Strebend und hoffend hinan!

Weit, hoch, herrlich der Blick
Rings ins Leben hinein;
Vom Gebirg zum Gebirg
Schwebet der ewige Geist,
Ewigen Lebens ahndevoll.

Seitwärts des Überdachs Schatten
Zieht dich an
Und ein Frischung verheißender Blick
Auf der Schwelle des Mädchens da.
Labe dich! – Mir auch, Mädchen,
Diesen schäumenden Trank,
Diesen frischen Gesundheitsblick!

Ab denn, rascher hinab!
Sieh, die Sonne sinkt!
Eh sie sinkt, eh mich Greisen
Ergreift im Moore Nebelduft,
Entzahnte Kiefer schnattern
Und das schlotternde Gebein –

Trunknen vom letzten Strahl
Reiß mich, ein Feuermeer
Mir im schäumenden Aug,
Mich geblendeten Taumelnden
In der Hölle nächtliches Tor.

Töne, Schwager, ins Horn,
Raßle den schallenden Trab,
Daß der Orkus vernehme: wir kommen,
Daß gleich an der Türe
Der Wirt uns freundlich empfange.

Prometheus

Bedecke deinen Himmel, Zeus,
Mit Wolkendunst,
Und übe, dem Knaben gleich,
Der Disteln köpft,
An Eichen dich und Bergeshöhn;
Mußt mir meine Erde
Doch lassen stehn
Und meine Hütte, die du nicht gebaut,
Und meinen Herd,
Um dessen Glut
Du mich beneidest.

Ich kenne nichts Ärmeres
Unter der Sonn als euch, Götter!
Ihr nähret kümmerlich
Von Opfersteuern
Und Gebetshauch
Eure Majestät
Und darbtet, wären
Nicht Kinder und Bettler
Hoffnungsvolle Toren.

Da ich ein Kind war,
Nicht wußte, wo aus noch ein,
Kehrt ich mein verirrtes Auge
Zur Sonne, als wenn drüber wär
Ein Ohr, zu hören meine Klage,
Ein Herz wie meins,
Sich des Bedrängten zu erbarmen.

Wer half mir
Wider der Titanen Übermut?
Wer rettete vom Tode mich,
Von Sklaverei?
Hast du nicht alles selbst vollendet,
Heilig glühend Herz?
Und glühtest jung und gut,
Betrogen, Rettungsdank
Dem Schlafenden da droben?

Ich dich ehren? Wofür?
Hast du die Schmerzen gelindert
Je des Beladenen?
Hast du die Tränen gestillet
Je des Geängsteten?
Hat nicht mich zum Manne geschmiedet
Die allmächtige Zeit
Und das ewige Schicksal,
Meine Herrn und deine?

Wähntest du etwa,
Ich sollte das Leben hassen,
In Wüsten fliehen,
Weil nicht alle
Blütenträume reiften?

Hier sitz ich, forme Menschen
Nach meinem Bilde,
Ein Geschlecht, das mir gleich sei,
Zu leiden, zu weinen,
Zu genießen und zu freuen sich,
Und dein nicht zu achten,
Wie ich!

Wandrers Sturmlied

Wen du nicht verlässest, Genius,
Nicht der Regen, nicht der Sturm
Haucht ihm Schauer übers Herz.
Wen du nicht verlässest, Genius,
Wird dem Regengewölk,
Wird dem Schloßensturm
Entgegensingen,
Wie die Lerche,
Du da droben.

Den du nicht verlässest, Genius,
Wirst ihn heben übern Schlammpfad
Mit den Feuerflügeln;
Wandeln wird er
Wie mit Blumenfüßen
Über Deukalions Flutschlamm,
Python tötend, leicht, groß,
Pythius Apollo.

Den du nicht verlässest, Genius,
Wirst die wollnen Flügel unterspreiten,
Wenn er auf dem Felsen schläft,
Wirst mit Hüterfittichen ihn decken
In des Haines Mitternacht.

Wen du nicht verlässest, Genius,
Wirst im Schneegestöber
Wärmumhüllen;
Nach der Wärme ziehn sich Musen,
Nach der Wärme Charitinnen.

Umschwebet mich, ihr Musen,
Ihr Charitinnen!
Das ist Wasser, das ist Erde
Und der Sohn des Wassers und der Erde,
Über den ich wandle
Göttergleich.

Ihr seid rein wie das Herz der Wasser,
Ihr seid rein wie das Mark der Erde,
Ihr umschwebt mich, und ich schwebe
Über Wasser, über Erde,
Göttergleich.

Soll der zurückkehren,
Der kleine, schwarze, feurige Bauer?
Soll der zurückkehren, erwartend
Nur deine Gaben, Vater Bromius,
Und helleuchtend, umwärmend Feuer?
Der kehren mutig?
Und ich, den ihr begleitet,
Musen und Charitinnen alle,
Den alles erwartet, was ihr,
Musen und Charitinnen,
Umkränzende Seligkeit
Rings ums Leben verherrlicht habt,
Soll mutlos kehren?

Vater Bromius!
Du bist Genius,
Jahrhunderts Genius,
Bist, was innre Glut
Pindarn war,
Was der Welt
Phöbus Apoll ist.

Weh! Weh! Innre Wärme,
Seelenwärme,
Mittelpunkt!
Glüh entgegen
Phöb' Apollen;
Kalt wird sonst
Sein Fürstenblick
Über dich vorübergleiten,
Neidgetroffen
Auf der Zeder Kraft verweilen,
Die zu grünen
Sein nicht harrt.

—

Warum nennt mein Lied dich zuletzt?
Dich, von dem es begann,
Dich, in dem es endet,
Dich, aus dem es quillt,
Jupiter Pluvius!
Dich, dich strömt mein Lied,
Und kastalischer Quell
Rinnt ein Nebenbach,
Rinnet Müßigen,
Sterblich Glücklichen
Abseits von dir,
Der du mich fassend deckst,
Jupiter Pluvius!

Nicht am Ulmenbaum
Hast du ihn besucht,
Mit dem Taubenpaar
In dem zärtlichen Arm,
Mit der freundlichen Ros umkränzt,
Tändelnden ihn, blumenglücklichen
Anakreon,
Sturmatmende Gottheit!

Nicht im Pappelwald
An des Sybaris Strand,
An des Gebirgs
Sonnebeglänzter Stirn nicht
Faßtest du ihn,
Den blumensingenden,
Honiglallenden,
Freundlich winkenden
Theokrit.

Wenn die Räder rasselten
Rad an Rad rasch ums Ziel weg,
Hoch flog
Siegdurchglühter
Jünglinge Peitschenknall
Und sich Staub wälzt'
Wie vom Gebirg herab
Kieselwetter ins Tal,
Glühte deine Seel Gefahren, Pindar,
Mut. – Glühte? –
Armes Herz!
Dort auf dem Hügel,
Himmlische Macht!
Nur so viel Glut,
Dort meine Hütte,
Dorthin zu waten!

Rastlose Liebe

Dem Schnee, dem Regen,
Dem Wind entgegen,
Im Dampf der Klüfte,
Durch Nebeldüfte,
Immer zu! Immer zu!
Ohne Rast und Ruh!

Lieber durch Leiden
Möcht ich mich schlagen,
Als so viel Freuden
Des Lebens ertragen.
Alle das Neigen
Von Herzen zu Herzen,
Ach, wie so eigen
Schaffet das Schmerzen!

Wie soll ich fliehen?
Wälderwärts ziehen?
Alles vergebens!
Krone des Lebens,
Glück ohne Ruh,
Liebe, bist du!

Harzreise im Winter

Dem Geier gleich,
Der auf schweren Morgenwolken
Mit sanftem Fittich ruhend
Nach Beute schaut,
Schwebe mein Lied.

Denn ein Gott hat
Jedem seine Bahn
Vorgezeichnet,
Die der Glückliche
Rasch zum freudigen
Ziele rennt;
Wem aber Unglück
Das Herz zusammenzog,
Er sträubt vergebens
Sich gegen die Schranken
Des ehernen Fadens,
Den die doch bittre Schere
Nur einmal löst.

In Dickichtsschauer
Drängt sich das rauhe Wild,
Und mit den Sperlingen
Haben längst die Reichen
In ihre Sümpfe sich gesenkt.

Leicht ist's, folgen dem Wagen,
Den Fortuna führt,
Wie der gemächliche Troß
Auf gebesserten Wegen
Hinter des Fürsten Einzug.

Aber abseits wer ist's?
Ins Gebüsch verliert sich sein Pfad,
Hinter ihm schlagen
Die Sträuche zusammen,
Das Gras steht wieder auf,
Die Öde verschlingt ihn.

Ach, wer heilet die Schmerzen
Des, dem Balsam zu Gift ward?
Der sich Menschenhaß
Aus der Fülle der Liebe trank?
Erst verachtet, nun ein Verächter,
Zehrt er heimlich auf
Seinen eignen Wert
In ungnügender Selbstsucht.

Ist auf deinem Psalter,
Vater der Liebe, ein Ton
Seinem Ohre vernehmlich,
So erquicke sein Herz!
Öffne den umwölkten Blick
Über die tausend Quellen
Neben dem Durstenden
In der Wüste!

Der du der Freuden viel schaffst,
Jedem ein überfließend Maß,
Segne die Brüder der Jagd
Auf der Fährte des Wilds
Mit jugendlichem Übermut
Fröhlicher Mordsucht,
Späte Rächer des Unbills,
Dem schon Jahre vergeblich
Wehrt mit Knütteln der Bauer.

Aber den Einsamen hüll
In deine Goldwolken!
Umgib mit Wintergrün,
Bis die Rose wieder heranreift,
Die feuchten Haare,
O Liebe, deines Dichters!

Mit der dämmernden Fackel
Leuchtest du ihm
Durch die Furten bei Nacht,
Über grundlose Wege
Auf öden Gefilden;
Mit dem tausendfarbigen Morgen
Lachst du ins Herz ihm;
Mit dem beizenden Sturm
Trägst du ihn hoch empor;
Winterströme stürzen vom Felsen
In seine Psalmen,
Und Altar des lieblichsten Danks
Wird ihm des gefürchteten Gipfels
Schneebehangner Scheitel,
Den mit Geisterreihen
Kränzten ahnende Völker.

Du stehst mit unerforschtem Busen
Geheimnisvoll offenbar
Über der erstaunten Welt
Und schaust aus Wolken
Auf ihre Reiche und Herrlichkeit,
Die du aus den Adern deiner Brüder
Neben dir wässerst.

Seefahrt

Lange Tag' und Nächte stand mein Schiff befrachtet;
Günst'ger Winde harrend, saß mit treuen Freunden,
Mir Geduld und guten Mut erzechend,
Ich im Hafen.

Und sie waren doppelt ungeduldig:
»Gerne gönnen wir die schnellste Reise,
Gern die hohe Fahrt dir; Güterfülle
Wartet drüben in den Welten deiner,
Wird Rückkehrendem in unsern Armen
Lieb und Preis dir.«

Und am frühen Morgen ward's Getümmel,
Und dem Schlaf entjauchzt uns der Matrose,
Alles wimmelt, alles lebet, webet,
Mit dem ersten Segenshauch zu schiffen.

Und die Segel blühen in dem Hauche,
Und die Sonne lockt mit Feuerliebe;
Ziehn die Segel, ziehn die hohen Wolken,
Jauchzen an dem Ufer alle Freunde
Hoffnungslieder nach, im Freudetaumel
Reisefreuden wähnend wie des Einschiffmorgens,
Wie der ersten hohen Sternennächte.

Aber gottgesandte Wechselwinde treiben
Seitwärts ihn der vorgesteckten Fahrt ab,
Und er scheint sich ihnen hinzugeben,
Strebet leise sie zu überlisten,
Treu dem Zweck auch auf dem schiefen Wege.

Aber aus der dumpfen, grauen Ferne
Kündet leisewandelnd sich der Sturm an,
Drückt die Vögel nieder aufs Gewässer,
Drückt der Menschen schwellend Herz darnieder,
Und er kommt. Vor seinem starren Wüten
Streckt der Schiffer klug die Segel nieder,
Mit dem angsterfüllten Balle spielen
Wind und Wellen.

Und an jenem Ufer drüben stehen
Freund' und Lieben, beben auf dem Festen:
»Ach, warum ist er nicht hier geblieben!
Ach, der Sturm! Verschlagen weg vom Glücke!
Soll der Gute so zugrunde gehen?
Ach, er sollte, ach, er könnte! Götter!«

Doch er stehet männlich an dem Steuer;
Mit dem Schiffe spielen Wind und Wellen;
Wind und Wellen nicht mit seinem Herzen:
Herrschend blickt er auf die grimme Tiefe
Und vertrauet, scheiternd oder landend,
Seinen Göttern.

Meeresstille

Tiefe Stille herrscht im Wasser,
Ohne Regung ruht das Meer,
Und bekümmert sieht der Schiffer
Glatte Fläche ringsumher.
Keine Luft von keiner Seite!
Todesstille fürchterlich!
In der ungeheuern Weite
Reget keine Welle sich.

Glückliche Fahrt

Die Nebel zerreißen,
Der Himmel ist helle,
Und Äolus löset
Das ängstliche Band.
Es säuseln die Winde,
Es rührt sich der Schiffer.
Geschwinde! Geschwinde!
Es teilt sich die Welle,
Es naht sich die Ferne;
Schon seh ich das Land!

Mahomets-Gesang

Seht den Felsenquell,
Freudehell,
Wie ein Sternenblick;
Über Wolken
Nährten seine Jugend
Gute Geister
Zwischen Klippen im Gebüsch.

Jünglingfrisch
Tanzt er aus der Wolke
Auf die Marmorfelsen nieder,
Jauchzet wieder
Nach dem Himmel.

Durch die Gipfelgänge
Jagt er bunten Kieseln nach,
Und mit frühem Führertritt
Reißt er seine Bruderquellen
Mit sich fort.

Drunten werden in dem Tal
Unter seinem Fußtritt Blumen,
Und die Wiese
Lebt von seinem Hauch.

Doch ihn hält kein Schattental,
Keine Blumen,
Die ihm seine Knie umschlingen,
Ihm mit Liebesaugen schmeicheln:
Nach der Ebne dringt sein Lauf
Schlangenwandelnd.

Bäche schmiegen
Sich gesellig an. Nun tritt er
In die Ebne silberprangend,
Und die Ebne prangt mit ihm,
Und die Flüsse von der Ebne
Und die Bäche von den Bergen
Jauchzen ihm und rufen: »Bruder!
Bruder, nimm die Brüder mit,
Mit zu deinem alten Vater,
Zu dem ew'gen Ozean,
Der mit ausgespannten Armen
Unser wartet,
Die sich, ach! vergebens öffnen,
Seine Sehnenden zu fassen;
Denn uns frißt in öder Wüste
Gier'ger Sand; die Sonne droben
Saugt an unserm Blut; ein Hügel
Hemmet uns zum Teiche! Bruder,
Nimm die Brüder von der Ebne,
Nimm die Brüder von den Bergen
Mit, zu deinem Vater mit!«

»Kommt ihr alle!«
Und nun schwillt er
Herrlicher; ein ganz Geschlechte
Trägt den Fürsten hoch empor!
Und im rollenden Triumphe
Gibt er Ländern Namen, Städte
Werden unter seinem Fuß.

Unaufhaltsam rauscht er weiter,
Läßt der Türme Flammengipfel,
Marmorhäuser, eine Schöpfung
Seiner Fülle, hinter sich.

Zedernhäuser trägt der Atlas
Auf den Riesenschultern: sausend
Wehen über seinem Haupte
Tausend Flaggen durch die Lüfte,
Zeugen seiner Herrlichkeit.

Und so trägt er seine Brüder,
Seine Schätze, seine Kinder
Dem erwartenden Erzeuger
Freudebrausend an das Herz.

Hegire

Nord und West und Süd zersplittern,
Throne bersten, Reiche zittern,
Flüchte du, im reinen Osten
Patriarchenluft zu kosten,
Unter Lieben, Trinken, Singen
Soll dich Chisers Quell verjüngen.

Dort, im Reinen und im Rechten,
Will ich menschlichen Geschlechten
In des Ursprungs Tiefe dringen,
Wo sie noch von Gott empfingen
Himmelslehr in Erdesprachen
Und sich nicht den Kopf zerbrachen.

Wo sie Väter hoch verehrten,
Jeden fremden Dienst verwehrten;
Will mich freun der Jugendschranke:
Glaube weit, eng der Gedanke,
Wie das Wort so wichtig dort war,
Weil es ein gesprochen Wort war.

Will mich unter Hirten mischen,
An Oasen mich erfrischen,
Wenn mit Karawanen wandle,
Schal, Kaffee und Moschus handle;
Jeden Pfad will ich betreten
Von der Wüste zu den Städten.

Bösen Felsweg auf und nieder
Trösten, Hafis, deine Lieder,
Wenn der Führer mit Entzücken

Von des Maultiers hohem Rücken
Singt, die Sterne zu erwecken
Und die Räuber zu erschrecken.

Will in Bädern und in Schenken,
Heil'ger Hafis, dein gedenken,
Wenn den Schleier Liebchen lüftet,
Schüttelnd Ambralocken düftet.
Ja, des Dichters Liebeflüstern
Mache selbst die Huris lüstern.

Wolltet ihr ihm dies beneiden
Oder etwa gar verleiden,
Wisset nur, daß Dichterworte
Um des Paradieses Pforte
Immer leise klopfend schweben,
Sich erbittend ew'ges Leben.

Derb und tüchtig

Dichten ist ein Übermut,
Niemand schelte mich!
Habt getrost ein warmes Blut,
Froh und frei wie ich.

Sollte jeder Stunde Pein
Bitter schmecken mir,
Würd ich auch bescheiden sein,
Und noch mehr als ihr.

Denn Bescheidenheit ist fein,
Wenn das Mädchen blüht,
Sie will zart geworben sein,
Die den Rohen flieht.

Auch ist gut Bescheidenheit,
Spricht ein weiser Mann,
Der von Zeit und Ewigkeit
Mich belehren kann.

Dichten ist ein Übermut!
Treib es gern allein.
Freund' und Frauen, frisch von Blut,
Kommt nur auch herein!

Mönchlein ohne Kapp und Kutt,
Schwatz nicht auf mich ein!
Zwar du machest mich kaputt,
Nicht bescheiden, nein!

Deiner Phrasen leeres Was
Treibet mich davon,
Abgeschliffen hab ich das
An den Sohlen schon.

Wenn des Dichters Mühle geht,
Halte sie nicht ein:
Denn wer einmal uns versteht,
Wird uns auch verzeihn.

Wanderlied

Von dem Berge zu den Hügeln,
Niederab das Tal entlang,
Da erklingt es wie von Flügeln,
Da bewegt sich's wie Gesang;
Und dem unbedingten Triebe
Folget Freude, folget Rat;
Und dein Streben, sei's in Liebe,
Und dein Leben sei die Tat!

Denn die Bande sind zerrissen,
Das Vertrauen ist verletzt;
Kann ich sagen, kann ich wissen,
Welchem Zufall ausgesetzt
Ich nun scheiden, ich nun wandern,
Wie die Witwe, trauervoll,
Statt dem einen, mit dem andern
Fort und fort mich wenden soll!

Bleibe nicht am Boden heften,
Frisch gewagt und frisch hinaus!
Kopf und Arm mit heitern Kräften,
Überall sind sie zu Haus;
Wo wir uns der Sonne freuen,
Sind wir jede Sorge los;
Daß wir uns in ihr zerstreuen,
Darum ist die Welt so groß.

Tages- und Jahreszeiten

Sobald ein frisches Kelchlein blüht,
Es fordert neue Lieder;
Und wenn die Zeit verrauschend flieht,
Jahrszeiten kommen wieder.

Zueignung

Der Morgen kam; es scheuchten seine Tritte
Den leisen Schlaf, der mich gelind umfing,
Daß ich, erwacht, aus meiner stillen Hütte
Den Berg hinauf mit frischer Seele ging;
Ich freute mich bei einem jeden Schritte
Der neuen Blume, die voll Tropfen hing;
Der junge Tag erhob sich mit Entzücken,
Und alles war erquickt, mich zu erquicken.

Und wie ich stieg, zog von dem Fluß der Wiesen
Ein Nebel sich in Streifen sacht hervor.
Er wich und wechselte, mich zu umfließen,
Und wuchs geflügelt mir ums Haupt empor:
Des schönen Blicks sollt ich nicht mehr genießen,
Die Gegend deckte mir ein trüber Flor;
Bald sah ich mich von Wolken wie umgossen
Und mit mir selbst in Dämmrung eingeschlossen.

Auf einmal schien die Sonne durchzudringen,
Im Nebel ließ sich eine Klarheit sehn.
Hier sank er, leise sich hinabzuschwingen;
Hier teilt' er steigend sich um Wald und Höhn.
Wie hofft ich ihr den ersten Gruß zu bringen!
Sie hofft ich nach der Trübe doppelt schön.
Der luft'ge Kampf war lange nicht vollendet,
Ein Glanz umgab mich, und ich stand geblendet.

Bald machte mich, die Augen aufzuschlagen,
Ein innrer Trieb des Herzens wieder kühn,
Ich konnt es nur mit schnellen Blicken wagen,
Denn alles schien zu brennen und zu glühn.

Da schwebte, mit den Wolken hergetragen,
Ein göttlich Weib vor meinen Augen hin,
Kein schöner Bild sah ich in meinem Leben,
Sie sah mich an und blieb verweilend schweben.

»Kennst du mich nicht?« sprach sie mit einem Munde,
Dem aller Lieb und Treue Ton entfloß:
»Erkennst du mich, die ich in manche Wunde
Des Lebens dir den reinsten Balsam goß?
Du kennst mich wohl, an die zu ew'gem Bunde
Dein strebend Herz sich fest und fester schloß.
Sah ich dich nicht mit heißen Herzenstränen
Als Knabe schon nach mir dich eifrig sehnen?«

»Ja!« rief ich aus, indem ich selig nieder
Zur Erde sank, »lang' hab ich dich gefühlt;
Du gabst mir Ruh, wenn durch die jungen Glieder
Die Leidenschaft sich rastlos durchgewühlt;
Du hast mir wie mit himmlischem Gefieder
Am heißen Tag die Stirne sanft gekühlt;
Du schenktest mir der Erde beste Gaben,
Und jedes Glück will ich durch dich nur haben!

Dich nenn ich nicht. Zwar hör ich dich von vielen
Gar oft genannt, und jeder heißt dich *sein*,
Ein jedes Auge glaubt auf dich zu zielen,
Fast jedem Auge wird dein Strahl zur Pein.
Ach, da ich irrte, hatt ich viel Gespielen,
Da ich dich kenne, bin ich fast allein;
Ich muß mein Glück nur mit mir selbst genießen,
Dein holdes Licht verdecken und verschließen.«

Sie lächelte, sie sprach: »Du siehst, wie klug,
Wie nötig war's, euch wenig zu enthüllen!
Kaum bist du sicher vor dem gröbsten Trug,
Kaum bist du Herr vom ersten Kinderwillen,

So glaubst du dich schon Übermensch genug,
Versäumst, die Pflicht des Mannes zu erfüllen!
Wie viel bist du von andern unterschieden?
Erkenne dich, leb mit der Welt in Frieden!«

»Verzeih mir«, rief ich aus, »ich meint es gut;
Soll ich umsonst die Augen offen haben?
Ein froher Wille lebt in meinem Blut,
Ich kenne ganz den Wert von deinen Gaben!
Für andre wächst in mir das edle Gut,
Ich kann und will das Pfund nicht mehr vergraben!
Warum sucht ich den Weg so sehnsuchtsvoll,
Wenn ich ihn nicht den Brüdern zeigen soll?«

Und wie ich sprach, sah mich das hohe Wesen
Mit einem Blick mitleid'ger Nachsicht an;
Ich konnte mich in ihrem Auge lesen,
Was ich verfehlt und was ich recht getan.
Sie lächelte, da war ich schon genesen,
Zu neuen Freuden stieg mein Geist heran;
Ich konnte nun mit innigem Vertrauen
Mich zu ihr nahn und ihre Nähe schauen.

Da reckte sie die Hand aus in die Streifen
Der leichten Wolken und des Dufts umher;
Wie sie ihn faßte, ließ er sich ergreifen,
Er ließ sich ziehn, es war kein Nebel mehr.
Mein Auge konnt im Tale wieder schweifen,
Gen Himmel blickt ich, er war hell und hehr.
Nur sah ich sie den reinsten Schleier halten,
Er floß um sie und schwoll in tausend Falten.

»Ich kenne dich, ich kenne deine Schwächen,
Ich weiß, was Gutes in dir lebt und glimmt!«
– So sagte sie, ich hör sie ewig sprechen –
»Empfange hier, was ich dir lang' bestimmt,

Dem Glücklichen kann es an nichts gebrechen,
Der dies Geschenk mit stiller Seele nimmt:
Aus Morgenduft gewebt und Sonnenklarheit,
Der Dichtung Schleier aus der Hand der Wahrheit.

Und wenn es dir und deinen Freunden schwüle
Am Mittag wird, so wirf ihn in die Luft!
Sogleich umsäuselt Abendwindeskühle,
Umhaucht euch Blumenwürzgeruch und Duft.
Es schweigt das Wehen banger Erdgefühle,
Zum Wolkenbette wandelt sich die Gruft,
Besänftiget wird jede Lebenswelle,
Der Tag wird lieblich, und die Nacht wird helle.«

So kommt denn, Freunde, wenn auf euren Wegen
Des Lebens Bürde schwer und schwerer drückt,
Wenn eure Bahn ein frischerneuter Segen
Mit Blumen ziert, mit goldnen Früchten schmückt,
Wir gehn vereint dem nächsten Tag entgegen!
So leben wir, so wandeln wir beglückt.
Und dann auch soll, wenn Enkel um uns trauern,
Zu ihrer Lust noch unsre Liebe dauern.

Ganymed

Wie im Morgenglanze
Du rings mich anglühst,
Frühling, Geliebter!
Mit tausendfacher Liebeswonne
Sich an mein Herz drängt
Deiner ewigen Wärme
Heilig Gefühl,
Unendliche Schöne!

Daß ich dich fassen möcht
In diesen Arm!

Ach, an deinem Busen
Lieg ich, schmachte,
Und deine Blumen, dein Gras
Drängen sich an mein Herz.
Du kühlst den brennenden
Durst meines Busens,
Lieblicher Morgenwind!
Ruft drein die Nachtigall
Liebend nach mir aus dem Nebeltal.

Ich komm, ich komme!
Wohin? Ach, wohin?

Hinauf! Hinauf strebt's.
Es schweben die Wolken
Abwärts, die Wolken
Neigen sich der sehnenden Liebe.
Mir! Mir!
In euerm Schoße

Aufwärts!
Umfangend umfangen!
Aufwärts an deinen Busen,
Alliebender Vater!

Die Musageten

Oft in tiefen Winternächten
Rief ich an die holden Musen:
»Keine Morgenröte leuchtet,
Und es will kein Tag erscheinen;
Aber bringt zur rechten Stunde
Mir der Lampe fromm Geleuchte,
Daß es statt Auror' und Phöbus
Meinen stillen Fleiß belebe!«
Doch sie ließen mich im Schlafe,
Dumpf und unerquicklich, liegen,
Und nach jedem späten Morgen
Folgten ungenutzte Tage.

Da sich nun der Frühling regte,
Sagt ich zu den Nachtigallen:
»Liebe Nachtigallen, schlaget
Früh, o früh! vor meinem Fenster,
Weckt mich aus dem vollen Schlafe,
Der den Jüngling mächtig fesselt.«
Doch die lieberfüllten Sänger
Dehnten nachts vor meinem Fenster
Ihre süßen Melodien,
Hielten wach die liebe Seele,
Regten zartes neues Sehnen
Aus dem neugerührten Busen.
Und so ging die Nacht vorüber,
Und Aurora fand mich schlafen,
Ja, mich weckte kaum die Sonne.

Endlich ist es Sommer worden,
Und beim ersten Morgenschimmer

Reizt mich aus dem holden Schlummer
Die geschäftig frühe Fliege.
Unbarmherzig kehrt sie wieder,
Wenn auch oft der halb Erwachte
Ungeduldig sie verscheuchet,
Lockt die unverschämten Schwestern,
Und von meinen Augenlidern
Muß der holde Schlaf entweichen.
Rüstig spring ich von dem Lager,
Suche die geliebten Musen,
Finde sie im Buchenhaine,
Mich gefällig zu empfangen,
Und den leidigen Insekten
Dank ich manche goldne Stunde.
Seid mir doch, ihr Unbequemen,
Von dem Dichter hoch gepriesen
Als die wahren Musageten.

Frühling übers Jahr

Das Beet, schon lockert
Sich's in die Höh,
Da wanken Glöckchen
So weiß wie Schnee;
Safran entfaltet
Gewalt'ge Glut,
Smaragden keimt es
Und keimt wie Blut.
Primeln stolzieren
So naseweis,
Schalkhafte Veilchen,
Versteckt mit Fleiß;
Was auch noch alles
Da regt und webt,
Genug, der Frühling,
Er wirkt und lebt.

Doch was im Garten
Am reichsten blüht,
Das ist des Liebchens
Lieblich Gemüt.
Da glühen Blicke
Mir immerfort,
Erregend Liedchen,
Erheiternd Wort,
Ein immer offen,
Ein Blütenherz,
Im Ernste freundlich
Und rein im Scherz.

Wenn Ros und Lilie
Der Sommer bringt,
Er doch vergebens
Mit Liebchen ringt.

Mailied

Wie herrlich leuchtet
Mir die Natur!
Wie glänzt die Sonne!
Wie lacht die Flur!

Es dringen Blüten
Aus jedem Zweig
Und tausend Stimmen
Aus dem Gesträuch.

Und Freud und Wonne
Aus jeder Brust.
O Erd, o Sonne!
O Glück, o Lust!

O Lieb, o Liebe!
So golden schön,
Wie Morgenwolken
Auf jenen Höhn!

Du segnest herrlich
Das frische Feld,
Im Blütendampfe
Die volle Welt.

O Mädchen, Mädchen,
Wie lieb ich dich!
Wie blickt dein Auge!
Wie liebst du mich!

So liebt die Lerche
Gesang und Luft,
Und Morgenblumen
Den Himmelsduft,

Wie ich dich liebe
Mit warmem Blut,
Die du mir Jugend
Und Freud und Mut

Zu neuen Liedern
Und Tänzen gibst.
Sei ewig glücklich,
Wie du mich liebst!

Mai

Leichte Silberwolken schweben
Durch die erst erwärmten Lüfte,
Mild, von Schimmer sanft umgeben,
Blickt die Sonne durch die Düfte;
Leise wallt und drängt die Welle
Sich am reichen Ufer hin,
Und wie reingewaschen helle,
Schwankend hin und her und hin,
Spiegelt sich das junge Grün.

Still ist Luft und Lüftchen stille;
Was bewegt mir das Gezweige?
Schwüle Liebe dieser Fülle,
Von den Bäumen durchs Gesträuche.
Nun der Blick auf einmal helle,
Sieh! der Bübchen Flatterschar,
Das bewegt und regt so schnelle,
Wie der Morgen sie gebar,
Flügelhaft sich Paar und Paar.

Fangen an, das Dach zu flechten –
Wer bedürfte dieser Hütte? –
Und wie Zimmrer, die gerechten,
Bank und Tischchen in der Mitte!
Und so bin ich noch verwundert,
Sonne sinkt, ich fühl es kaum;
Und nun führen aber hundert
Mir das Liebchen in den Raum,
Tag und Abend, welch ein Traum!

VI

Der Guckuck wie die Nachtigall,
Sie möchten den Frühling fesseln,
Doch drängt der Sommer schon überall
Mit Disteln und mit Nesseln.
Auch mir hat er das leichte Laub
An jenem Baum verdichtet,
Durch das ich sonst zu schönstem Raub
Den Liebesblick gerichtet;
Verdeckt ist mir das bunte Dach,
Die Gitter und die Pfosten;
Wohin mein Auge spähend brach,
Dort ewig bleibt mein Osten.

Dornburg
September 1828

Früh, wenn Tal, Gebirg und Garten
Nebelschleiern sich enthüllen,
Und dem sehnlichsten Erwarten
Blumenkelche bunt sich füllen;

Wenn der Äther, Wolken tragend,
Mit dem klaren Tage streitet,
Und ein Ostwind, sie verjagend,
Blaue Sonnenbahn bereitet;

Dankst du dann, am Blick dich weidend,
Reiner Brust der Großen, Holden,
Wird die Sonne, rötlich scheidend,
Rings den Horizont vergolden.

Herbstgefühl

Fetter grüne, du Laub,
Am Rebengeländer
Hier mein Fenster herauf!
Gedrängter quellet,
Zwillingsbeeren, und reifet
Schneller und glänzend voller!
Euch brütet der Mutter Sonne
Scheideblick; euch umsäuselt
Des holden Himmels
Fruchtende Fülle;
Euch kühlet des Mondes
Freundlicher Zauberhauch,
Und euch betauen, ach!
Aus diesen Augen
Der ewig belebenden Liebe
Vollschwellende Tränen.

Wandrers Nachtlied

Über allen Gipfeln
Ist Ruh,
In allen Wipfeln
Spürest du
Kaum einen Hauch;
Die Vögelein schweigen im Walde.
Warte nur, balde
Ruhest du auch.

Chinesisch-deutsche Jahres- und Tageszeiten

VIII

Dämmrung senkte sich von oben,
Schon ist alle Nähe fern;
Doch zuerst emporgehoben
Holden Lichts der Abendstern!
Alles schwankt ins Ungewisse,
Nebel schleichen in die Höh;
Schwarzvertiefte Finsternisse
Widerspiegelnd ruht der See.

Nun im östlichen Bereiche
Ahn ich Mondenglanz und -glut,
Schlanker Weiden Haargezweige
Scherzen auf der nächsten Flut.
Durch bewegter Schatten Spiele
Zittert Lunas Zauberschein,
Und durchs Auge schleicht die Kühle
Sänftigend ins Herz hinein.

Dem aufgehenden Vollmonde

Willst du mich sogleich verlassen?
Warst im Augenblick so nah!
Dich umfinstern Wolkenmassen,
Und nun bist du gar nicht da.

Doch du fühlst, wie ich betrübt bin,
Blickt dein Rand herauf als Stern!
Zeugest mir, daß ich geliebt bin,
Sei das Liebchen noch so fern.

So hinan denn! hell und heller,
Reiner Bahn, in voller Pracht!
Schlägt mein Herz auch schmerzlich schneller,
Überselig ist die Nacht.

An den Mond

Füllest wieder Busch und Tal
Still mit Nebelglanz,
Lösest endlich auch einmal
Meine Seele ganz;

Breitest über mein Gefild
Lindernd deinen Blick,
Wie des Freundes Auge mild
Über mein Geschick.

Jeden Nachklang fühlt mein Herz
Froh' und trüber Zeit,
Wandle zwischen Freud und Schmerz
In der Einsamkeit.

Fließe, fließe, lieber Fluß!
Nimmer werd ich froh,
So verrauschte Scherz und Kuß,
Und die Treue so.

Ich besaß es doch einmal,
Was so köstlich ist!
Daß man doch zu seiner Qual
Nimmer es vergißt!

Rausche, Fluß, das Tal entlang,
Ohne Rast und Ruh,
Rausche, flüstre meinem Sang
Melodien zu,

Wenn du in der Winternacht
Wütend überschwillst
Oder um die Frühlingspracht
Junger Knospen quillst.

Selig, wer sich vor der Welt
Ohne Haß verschließt,
Einen Freund am Busen hält
Und mit dem genießt,

Was, von Menschen nicht gewußt
Oder nicht bedacht,
Durch das Labyrinth der Brust
Wandelt in der Nacht.

Um Mitternacht, wenn die Menschen erst schlafen,
Dann scheinet uns der Mond,
Dann leuchtet uns der Stern;
Wir wandlen und singen
Und tanzen erst gern.

Um Mitternacht, wenn die Menschen erst schlafen,
Auf Wiesen an den Erlen
Wir suchen unsern Raum
Und wandlen und singen
Und tanzen einen Traum.

Um Mitternacht

Um Mitternacht ging ich, nicht eben gerne,
Klein kleiner Knabe, jenen Kirchhof hin
Zu Vaters Haus, des Pfarrers; Stern am Sterne,
Sie leuchteten doch alle gar zu schön;
Um Mitternacht.

Wenn ich dann ferner in des Lebens Weite
Zur Liebsten mußte, mußte, weil sie zog,
Gestirn und Nordschein über mir im Streite,
Ich gehend, kommend Seligkeiten sog;
Um Mitternacht.

Bis dann zuletzt des vollen Mondes Helle
So klar und deutlich mir ins Finstere drang,
Auch der Gedanke willig, sinnig, schnelle
Sich ums Vergangne wie ums Künftige schlang;
Um Mitternacht.

Der Bräutigam

Um Mitternacht – ich schlief, im Busen wachte
Das liebevolle Herz, als wär es Tag;
Der Tag erschien, mir war, als ob es nachte –
Was ist es mir, soviel er bringen mag.

Sie fehlte ja, mein emsig Tun und Streben,
Für sie allein ertrug ich's durch die Glut
Der heißen Stunde; welch erquicktes Leben
Am kühlen Abend! lohnend war's und gut.

Die Sonne sank, und Hand in Hand verpflichtet
Begrüßten wir den letzten Segensblick,
Und Auge sprach, ins Auge klar gerichtet:
Von Osten, hoffe nur, sie kommt zurück.

Um Mitternacht – der Sterne Glanz geleitet
Im holden Traum zur Schwelle, wo sie ruht.
O sei auch mir dort auszuruhn bereitet,
Wie es auch sei, das Leben, es ist gut.

Liebe und Liebesdialoge

Mir gäb es keine größre Pein,
Wär ich im Paradies allein.

Die Nacht

Gern verlaß ich diese Hütte,
Meiner Liebsten Aufenthalt,
Wandle mit verhülltem Tritte
Durch den ausgestorbnen Wald.
Luna bricht die Nacht der Eichen,
Zephyrs melden ihren Lauf,
Und die Birken streun mit Neigen
Ihr den süß'ten Weihrauch auf.

Schauer, der das Herze fühlen,
Der die Seele schmelzen macht,
Flüstert durchs Gebüsch im Kühlen.
Welche schöne, süße Nacht!
Freude! Wollust! kaum zu fassen!
Und doch wollt ich, Himmel, dir
Tausend solcher Nächte lassen,
Gäb mein Mädchen *eine* mir.

Brautnacht

Im Schlafgemach, entfernt vom Feste,
Sitzt Amor, dir getreu, und bebt,
Daß nicht die List mutwill'ger Gäste
Des Brautbetts Frieden untergräbt.
Es blinkt mit mystisch heil'gem Schimmer
Vor ihm der Flammen blasses Gold;
Ein Weihrauchswirbel füllt das Zimmer,
Damit ihr recht genießen sollt.

Wie schlägt dein Herz beim Schlag der Stunde,
Der deiner Gäste Lärm verjagt;
Wie glühst du nach dem schönen Munde,
Der bald verstummt und nichts versagt.
Du eilst, um alles zu vollenden,
Mit ihr ins Heiligtum hinein;
Das Feuer in des Wächters Händen
Wird wie ein Nachtlicht still und klein.

Wie bebt vor deiner Küsse Menge
Ihr Busen und ihr voll Gesicht;
Zum Zittern wird nun ihre Strenge,
Denn deine Kühnheit wird zur Pflicht.
Schnell hilft dir Amor sie entkleiden
Und ist nicht halb so schnell als du;
Dann hält er schalkhaft und bescheiden
Sich fest die beiden Augen zu.

Mit einem gemalten Band

Kleine Blumen, kleine Blätter
Streuen mir mit leichter Hand
Gute junge Frühlingsgötter
Tändelnd auf ein luftig Band.

Zephyr, nimm's auf deine Flügel,
Schling's um meiner Liebsten Kleid;
Und so tritt sie vor den Spiegel
All in ihrer Munterkeit.

Sieht mit Rosen sich umgeben,
Selbst wie eine Rose jung.
Einen Blick, geliebtes Leben!
Und ich bin belohnt genung.

Fühle, was dies Herz empfindet,
Reiche frei mir deine Hand,
Und das Band, das uns verbindet,
Sei kein schwaches Rosenband!

Willkommen und Abschied

Es schlug mein Herz, geschwind zu Pferde!
Es war getan fast eh gedacht;
Der Abend wiegte schon die Erde,
Und an den Bergen hing die Nacht:
Schon stand im Nebelkleid die Eiche,
Ein aufgetürmter Riese, da,
Wo Finsternis aus dem Gesträuche
Mit hundert schwarzen Augen sah.

Der Mond von einem Wolkenhügel
Sah kläglich aus dem Duft hervor,
Die Winde schwangen leise Flügel,
Umsausten schauerlich mein Ohr;
Die Nacht schuf tausend Ungeheuer;
Doch frisch und fröhlich war mein Mut:
In meinen Adern welches Feuer!
In meinem Herzen welche Glut!

Dich sah ich, und die milde Freude
Floß von dem süßen Blick auf mich;
Ganz war mein Herz an deiner Seite
Und jeder Atemzug für dich.
Ein rosenfarbnes Frühlingswetter
Umgab das liebliche Gesicht,
Und Zärtlichkeit für mich – ihr Götter!
Ich hofft es, ich verdient es nicht!

Doch ach, schon mit der Morgensonne
Verengt der Abschied mir das Herz:
In deinen Küssen welche Wonne!
In deinem Auge welcher Schmerz!

Ich ging, du standst und sahst zur Erden,
Und sahst mir nach mit nassem Blick:
Und doch, welch Glück, geliebt zu werden!
Und lieben, Götter, welch ein Glück!

An Friederike Brion

Ein grauer, trüber Morgen
Bedeckt mein liebes Feld,
Im Nebel tief verborgen
Liegt um mich her die Welt.
O liebliche Friedrike,
Dürft ich nach dir zurück,
In einem deiner Blicke
Liegt Sonnenschein und Glück.

Der Baum, in dessen Rinde
Mein Nam bei deinem steht,
Wird bleich vom rauhen Winde,
Der jede Lust verweht.
Der Wiesen grüner Schimmer
Wird trüb wie mein Gesicht,
Sie sehen die Sonne nimmer,
Und ich Friedriken nicht.

Bald geh ich in die Reben
Und herbste Trauben ein;
Umher ist *alles* Leben,
Es strudelt neuer Wein.
Doch in der öden Laube,
Ach, denk ich, wär *sie* hier;
Ich brächt ihr diese Traube,
Und *sie* – was gäb *sie* mir?

Neue Liebe, neues Leben

Herz, mein Herz, was soll das geben?
Was bedränget dich so sehr?
Welch ein fremdes, neues Leben!
Ich erkenne dich nicht mehr.
Weg ist alles, was du liebtest,
Weg, warum du dich betrübtest,
Weg dein Fleiß und deine Ruh –
Ach, wie kamst du nur dazu!

Fesselt dich die Jugendblüte,
Diese liebliche Gestalt,
Dieser Blick voll Treu und Güte
Mit unendlicher Gewalt?
Will ich rasch mich ihr entziehen,
Mich ermannen, ihr entfliehen,
Führet mich im Augenblick,
Ach, mein Weg zu ihr zurück.

Und an diesem Zauberfädchen,
Das sich nicht zerreißen läßt,
Hält das liebe lose Mädchen
Mich so wider Willen fest;
Muß in ihrem Zauberkreise
Leben nun auf ihre Weise.
Die Verändrung, ach, wie groß!
Liebe! Liebe! laß mich los!

An Lili

Im holden Tal, auf schneebedeckten Höhen
War stets dein Bild mir nah;
Ich sah's um mich in lichten Wolken wehen,
Im Herzen war mir's da.

Empfinde hier, wie mit allmächt'gem Triebe
Ein Herz das andre zieht,
Und daß vergebens Liebe
Vor Liebe flieht.

Jägers Abendlied

Im Felde schleich ich still und wild,
Gespannt mein Feuerrohr.
Da schwebt so licht dein liebes Bild,
Dein süßes Bild mir vor.

Du wandelst jetzt wohl still und mild
Durch Feld und liebes Tal,
Und ach, mein schnell verrauschend Bild,
Stellt sich dir's nicht einmal?

Des Menschen, der die Welt durchstreift
Voll Unmut und Verdruß,
Nach Osten und nach Westen schweift,
Weil er dich lassen muß.

Mir ist es, denk ich nur an dich,
Als in den Mond zu sehn;
Ein stiller Friede kommt auf mich,
Weiß nicht, wie mir geschehn.

An Charlotte von Stein

Warum gabst du uns die tiefen Blicke,
Unsre Zukunft ahndungsvoll zu schaun,
Unsrer Liebe, unserm Erdenglücke
Wähnend selig nimmer hinzutraun?
Warum gabst uns, Schicksal, die Gefühle,
Uns einander in das Herz zu sehn,
Um durch all die seltenen Gewühle
Unser wahr Verhältnis auszuspähn?

Ach, so viele tausend Menschen kennen,
Dumpf sich treibend, kaum ihr eigen Herz,
Schweben zwecklos hin und her und rennen
Hoffungslos in unversehnem Schmerz;
Jauchzen wieder, wenn der schnellen Freuden
Unerwart'te Morgenröte tagt.
Nur uns armen liebevollen beiden
Ist das wechselseit'ge Glück versagt,
Uns zu lieben, ohn uns zu verstehen,
In dem andern sehn, was er nie war,
Immer frisch auf Traumglück auszugehen
Und zu schwanken auch in Traumgefahr.

Glücklich, den ein leerer Traum beschäftigt!
Glücklich, dem die Ahndung eitel wär!
Jede Gegenwart und jeder Blick bekräftigt
Traum und Ahndung leider uns noch mehr.
Sag, was will das Schicksal uns bereiten?
Sag, wie band es uns so rein genau?
Ach, du warst in abgelebten Zeiten
Meine Schwester oder meine Frau.

Kanntest jeden Zug in meinem Wesen,
Spähtest, wie die reinste Nerve klingt,
Konntest mich mit *einem* Blicke lesen,
Den so schwer ein sterblich Aug durchdringt;
Tropftest Mäßigung dem heißen Blute,
Richtetest den wilden irren Lauf,
Und in deinen Engelsarmen ruhte
Die zerstörte Brust sich wieder auf;
Hieltest zauberleicht ihn angebunden
Und vergaukeltest ihm manchen Tag.
Welche Seligkeit glich jenen Wonnestunden,
Da er dankbar dir zu Füßen lag,
Fühlt' sein Herz an deinem Herzen schwellen,
Fühlte sich in deinem Auge gut,
Alle seine Sinnen sich erhellen
Und beruhigen sein brausend Blut!

Und von allem dem schwebt ein Erinnern
Nur noch um das ungewisse Herz,
Fühlt die alte Wahrheit ewig gleich im Innern,
Und der neue Zustand wird ihm Schmerz.
Und wir scheinen uns nur halb beseelet,
Dämmernd ist um uns der hellste Tag.
Glücklich, daß das Schicksal, das uns quälet,
Uns doch nicht verändern mag!

An Charlotte von Stein

Sag ich's euch, geliebte Bäume,
Die ich ahndevoll gepflanzt,
Als die wunderbarsten Träume
Morgenrötlich mich umtanzt.
Ach, ihr wißt es, wie ich liebe,
Die so schön mich wiederliebt,
Die den reinsten meiner Triebe
Mir noch reiner wiedergibt.

Wachset wie aus meinem Herzen,
Treibet in die Luft hinein,
Denn ich grub viel Freud' und Schmerzen
Unter eure Wurzeln ein.
Bringet Schatten, traget Früchte,
Neue Freude jeden Tag;
Nur daß ich sie dichte, dichte,
Dicht bei ihr genießen mag!

An Charlotte von Stein

Gewiß, ich wäre schon so ferne, ferne,
So weit die Welt nur offen liegt, gegangen,
Bezwängen mich nicht übermächt'ge Sterne,
Die mein Geschick an deines angehangen,
Daß ich in dir nun erst mich kennenlerne.
Mein Dichten, Trachten, Hoffen und Verlangen
Allein nach dir und deinem Wesen drängt,
Mein Leben nur an deinem Leben hängt.

Der Besuch

Meine Liebste wollt ich heut beschleichen,
Aber ihre Türe war verschlossen.
Hab ich doch den Schlüssel in der Tasche!
Öffn' ich leise die geliebte Türe!

Auf dem Saale fand ich nicht das Mädchen,
Fand das Mädchen nicht in ihrer Stube;
Endlich, da ich leis die Kammer öffne,
Find ich sie, gar zierlich eingeschlafen,
Angekleidet, auf dem Sofa liegen.

Bei der Arbeit war sie eingeschlafen;
Das Gestrickte mit den Nadeln ruhte
Zwischen den gefaltnen zarten Händen;
Und ich setzte mich an ihre Seite,
Ging bei mir zu Rat, ob ich sie weckte.

Da betrachtet ich den schönen Frieden,
Der auf ihren Augenlidern ruhte:
Auf den Lippen war die stille Treue,
Auf den Wangen Lieblichkeit zu Hause,
Und die Unschuld eines guten Herzens
Regte sich im Busen hin und wider.
Jedes ihrer Glieder lag gefällig
Aufgelöst vom süßen Götterbalsam.
Freudig saß ich da, und die Betrachtung
Hielte die Begierde, sie zu wecken,
Mit geheimen Banden fest und fester.

O du Liebe, dacht ich, kann der Schlummer,
Der Verräter jedes falschen Zuges,

Kann er dir nicht schaden, nichts entdecken,
Was des Freundes zarte Meinung störte?

Deine holden Augen sind geschlossen,
Die mich offen schon allein bezaubern;
Es bewegen deine süßen Lippen
Weder sich zur Rede noch zum Kusse;
Aufgelöst sind diese Zauberbande
Deiner Arme, die mich sonst umschlingen,
Und die Hand, die reizende Gefährtin
Süßer Schmeicheleien, unbeweglich.
Wär's ein Irrtum, wie ich von dir denke,
Wär es Selbstbetrug, wie ich dich liebe,
Müßt ich's jetzt entdecken, da sich Amor
Ohne Binde neben mich gestellet.

Lange saß ich so und freute herzlich
Ihres Wertes mich und meiner Liebe;
Schlafend hatte sie mir so gefallen,
Daß ich mich nicht traute, sie zu wecken.

Leise leg ich ihr zwei Pomeranzen
Und zwei Rosen auf das Tischchen nieder;
Sachte, sachte schleich ich meiner Wege.
Öffnet sie die Augen, meine Gute,
Gleich erblickt sie diese bunte Gabe,
Staunt, wie immer bei verschloßnen Türen
Dieses freundliche Geschenk sich finde.

Seh ich diese Nacht den Engel wieder,
O wie freut sie sich, vergilt mir doppelt
Dieses Opfer meiner zarten Liebe.

Zu den römischen Elegien

I

Mehr, als ich ahndete, schön, das Glück, es ist mir geworden:
Amor führte mich klug allen Palästen vorbei.
Ihm ist es lange bekannt, auch hab ich es selbst wohl erfahren,
Was ein goldnes Gemach hinter Tapeten verbirgt.
Nennet blind ihn und Knaben und ungezogen: ich kenne,
Kluger Amor, dich wohl, nimmer bestechlicher Gott!
Uns verführten sie nicht, die majestät'schen Fassaden,
Nicht der galante Balkon, weder das ernste Cortil.
Eilig ging es vorbei, und niedre, zierliche Pforte
Nahm den Führer zugleich, nahm den Verlangenden auf.
Alles verschafft er mir da, hilft alles und alles erhalten,
Streuet jeglichen Tag frischere Rosen mir auf.
Hab ich den Himmel nicht hier? – Was gibst du, schöne Borghese,
Nipotina, was gibst deinem Geliebten du mehr?
Tafel, Gesellschaft und Cors und Spiel und Oper und Bälle,
Amorn rauben sie nur oft die gelegenste Zeit.
Ekel bleibt mir Gezier und Putz, und hebet am Ende
Sich ein brokatener Rock nicht wie ein wollener auf?
Oder will sie bequem den Freund im Busen verbergen,
Wünscht er von alle dem Schmuck nicht schon behend sie befreit?
Müssen nicht jene Juwelen und Spitzen, Polster und Fischbein
Alle zusammen herab, eh er die Liebliche fühlt?
Näher haben wir das! Schon fällt dein wollenes Kleidchen,
So wie der Freund es gelöst, faltig zum Boden hinab.
Eilig trägt er das Kind in leichter, linnener Hülle,
Wie es der Amme geziemt, scherzend aufs Lager hinan.
Ohne das seidne Gehäng und ohne gestickte Matratzen
Stehet es, zweien bequem, frei in dem weiten Gemach.

Nehme dann Jupiter mehr von seiner Juno, es lasse
Wohler sich, wenn er es kann, irgendein Sterblicher sein:
Uns ergötzen die Freuden des echten, nacketen Amors
Und des geschaukelten Betts lieblicher, knarrender Ton.

Nähe des Geliebten

Ich denke dein, wenn mir der Sonne Schimmer
Vom Meere strahlt;
Ich denke dein, wenn sich des Mondes Flimmer
In Quellen malt.

Ich sehe dich, wenn auf dem fernen Wege
Der Staub sich hebt;
In tiefer Nacht, wenn auf dem schmalen Stege
Der Wandrer bebt.

Ich höre dich, wenn dort mit dumpfem Rauschen
Die Welle steigt.
Im stillen Haine geh ich oft zu lauschen,
Wenn alles schweigt.

Ich bin bei dir, du seist auch noch so ferne,
Du bist mir nah!
Die Sonne sinkt, bald leuchten mir die Sterne.
O wärst du da!

Das Wiedersehn

Er

Süße Freundin, noch *einen*, nur *einen* Kuß noch gewähre
Diesen Lippen! Warum bist du mir heute so karg?
Gestern blühte wie heute der Baum; wir wechselten Küsse
Tausendfältig; dem Schwarm Bienen verglichst du sie ja,
Wie sie den Blüten sich nahn und saugen, schweben und wieder
Saugen, und lieblicher Ton süßen Genusses erschallt.
Alle noch üben das holde Geschäft. Und wäre der Frühling
Uns vorübergeflohn, eh sich die Blüte zerstreut?

Sie

Träume, lieblicher Freund, nur immer! rede von *gestern*!
Gerne hör ich dich an, drücke dich redlich ans Herz.
Gestern, sagst du? – Es war, ich weiß, ein köstliches Gestern;
Worte verklangen im Wort, Küsse verdrängten den Kuß.
Schmerzlich war's, zu scheiden am Abende, traurig die lange
Nacht von gestern auf heut, die den Getrennten gebot.
Doch der Morgen kehret zurück. Ach! daß mir indessen
Zehnmal, leider! der Baum Blüten und Früchte gebracht!

Die glücklichen Gatten

Nach diesem Frühlingsregen,
Den wir so warm erfleht,
Weibchen, o sieh den Segen,
Der unsre Flur durchweht.
Nur in der blauen Trübe
Verliert sich fern der Blick;
Hier wandelt noch die Liebe,
Hier hauset noch das Glück.

Das Pärchen weißer Tauben,
Du siehst, es fliegt dorthin,
Wo um besonnte Lauben
Gefüllte Veilchen blühn.
Dort banden wir zusammen
Den allerersten Strauß,
Dort schlugen unsre Flammen
Zuerst gewaltig aus.

Doch als uns vom Altare,
Nach dem beliebten Ja,
Mit manchem jungen Paare
Der Pfarrer eilen sah,
Da gingen andre Sonnen
Und andre Monden auf,
Da war die Welt gewonnen
Für unsern Lebenslauf.

Und hunderttausend Siegel
Bekräftigten den Bund,
Im Wäldchen auf dem Hügel,
Im Busch am Wiesengrund,

In Höhlen, im Gemäuer
Auf des Geklüftes Höh,
Und Amor trug das Feuer
Selbst in das Rohr am See.

Wir wandelten zufrieden,
Wir glaubten uns zu zwei;
Doch anders war's beschieden,
Und sieh! wir waren drei,
Und vier und fünf und sechse,
Sie saßen um den Topf,
Und nun sind die Gewächse
Fast all uns übern Kopf.

Und dort in schöner Fläche
Das neugebaute Haus
Umschlingen Pappelbäche,
So freundlich sieht's heraus.
Wer schaffte wohl da drüben
Sich diesen frohen Sitz?
Ist es mit seiner Lieben
Nicht unser braver Fritz?

Und wo im Felsengrunde
Der eingeklemmte Fluß
Sich schäumend aus dem Schlunde
Auf Räder stürzen muß:
Man spricht von Müllerinnen
Und wie so schön sie sind;
Doch immer wird gewinnen
Dort hinten unser Kind.

Doch wo das Grün so dichte
Um Kirch und Rasen steht,
Da, wo die alte Fichte
Allein zum Himmel weht,

Da ruhet unsrer Toten
Frühzeitiges Geschick
Und leitet von dem Boden
Zum Himmel unsern Blick.

Es blitzen Waffenwogen
Den Hügel schwankend ab.
Das Heer, es kommt gezogen,
Das uns den Frieden gab.
Wer mit der Ehrenbinde
Bewegt sich stolz voraus?
Es gleichet unserm Kinde!
So kommt der Karl nach Haus.

Den liebsten aller Gäste
Bewirtet nun die Braut;
Sie wird am Friedensfeste
Dem Treuen angetraut.
Und zu den Feiertänzen
Drängt jeder sich herbei;
Da schmückest du mit Kränzen
Der jüngsten Kinder drei.

Bei Flöten und Schalmeien
Erneuert sich die Zeit,
Da wir uns einst im Reihen
Als junges Paar gefreut;
Und in des Jahres Laufe,
Die Wonne fühl ich schon!
Begleiten wir zur Taufe
Den Enkel und den Sohn.

XIV

Die Zweifelnden

Ihr liebt, und schreibt Sonette! Weh der Grille!
Die Kraft des Herzens, sich zu offenbaren,
Soll Reime suchen, sie zusammenpaaren;
Ihr Kinder, glaubt, ohnmächtig bleibt der Wille.

Ganz ungebunden spricht des Herzens Fülle
Sich kaum noch aus: sie mag sich gern bewahren;
Dann Stürmen gleich durch alle Saiten fahren;
Dann wieder senken sich zu Nacht und Stille.

Was quält ihr euch und uns, auf jähem Stege
Nur Schritt vor Schritt den läst'gen Stein zu wälzen,
Der rückwärts lastet, immer neu zu mühen?

Die Liebenden

Im Gegenteil, wir sind auf rechtem Wege!
Das Allerstarrste freudig aufzuschmelzen,
Muß Liebesfeuer allgewaltig glühen.

XV

Mädchen

Ich zweifle doch am Ernst verschränkter Zeilen!
Zwar lausch ich gern bei deinen Silbespielen;
Allein mir scheint, was Herzen redlich fühlen,
Mein süßer Freund, das soll man nicht befeilen.

Der Dichter pflegt, um nicht zu langeweilen,
Sein Innerstes von Grund aus umzuwühlen;
Doch seine Wunden weiß er auszukühlen,
Mit Zauberwort die tiefsten auszuheilen.

Dichter

Schau, Liebchen, hin! Wie geht's dem Feuerwerker?
Drauf ausgelernt, wie man nach Maßen wettert,
Irrgänglich-klug miniert er seine Grüfte;

Allein die Macht des Elements ist stärker,
Und eh er sich's versieht, geht er zerschmettert
Mit allen seinen Künsten in die Lüfte.

Gefunden

Ich ging im Walde
So für mich hin,
Und nichts zu suchen,
Das war mein Sinn.

Im Schatten sah ich
Ein Blümchen stehn,
Wie Sterne leuchtend,
Wie Äuglein schön.

Ich wollt es brechen,
Da sagt' es fein:
»Soll ich zum Welken
Gebrochen sein?«

Ich grub's mit allen
Den Würzlein aus,
Zum Garten trug ich's
Am hübschen Haus.

Und pflanzt es wieder
Am stillen Ort;
Nun zweigt es immer
Und blüht so fort.

Wunderlichstes Buch der Bücher
Ist das Buch der Liebe;
Aufmerksam hab ich's gelesen:
Wenig Blätter Freuden,
Ganze Hefte Leiden;
Einen Abschnitt macht die Trennung.
Wiedersehn! ein klein Kapitel,
Fragmentarisch. Bände Kummers
Mit Erklärungen verlängert,
Endlos, ohne Maß.
O Nisami! – doch am Ende
Hast den rechten Weg gefunden;
Unauflösliches, wer löst es?
Liebende, sich wieder findend.

Hatem

Locken, haltet mich gefangen
In dem Kreise des Gesichts!
Euch geliebten braunen Schlangen
Zu erwidern hab ich nichts.

Nur dies Herz, es ist von Dauer,
Schwillt in jugendlichstem Flor;
Unter Schnee und Nebelschauer
Rast ein Ätna dir hervor.

Du beschämst wie Morgenröte
Jener Gipfel ernste Wand,
Und noch einmal fühlet Hatem
Frühlingshauch und Sommerbrand.

Schenke, her! Noch eine Flasche!
Diesen Becher bring ich ihr!
Findet sie ein Häufchen Asche,
Sagt sie: der verbrannte mir.

Suleika

Nimmer will ich dich verlieren!
Liebe gibt der Liebe Kraft.
Magst du meine Jugend zieren
Mit gewalt'ger Leidenschaft.
Ach! wie schmeichelt's meinem Triebe,
Wenn man meinen Dichter preist.
Denn das Leben ist die Liebe,
Und des Lebens Leben Geist.

In tausend Formen magst du dich verstecken,
Doch, Allerliebste, gleich erkenn ich dich;
Du magst mit Zauberschleiern dich bedecken,
Allgegenwärt'ge, gleich erkenn ich dich.

An der Zypresse reinstem, jungem Streben,
Allschöngewachsne, gleich erkenn ich dich;
In des Kanales reinem Wellenleben,
Allschmeichelhafte, wohl erkenn ich dich.

Wenn steigend sich der Wasserstrahl entfaltet,
Allspielende, wie froh erkenn ich dich;
Wenn Wolke sich gestaltend umgestaltet,
Allmannigfalt'ge, dort erkenn ich dich.

An des geblümten Schleiers Wiesenteppich,
Allbuntbesternte, schön erkenn ich dich;
Und greift umher ein tausendarm'ger Eppich,
O Allumklammernde, da kenn ich dich.

Wenn am Gebirg der Morgen sich entzündet,
Gleich, Allerheiternde, begrüß ich dich;
Dann über mir der Himmel rein sich ründet,
Allherzerweiternde, dann atm' ich dich.

Was ich mit äußerm Sinn, mit innerm kenne,
Du Allbelehrende, kenn ich durch dich;
Und wenn ich Allahs Namenhundert nenne,
Mit jedem klingt ein Name nach für dich.

Es ist gut

Bei Mondeschein im Paradeis
Fand Jehova im Schlafe tief
Adam versunken, legte leis
Zur Seit ein Evchen, das auch entschlief.
Da lagen nun, in Erdeschranken,
Gottes zwei lieblichste Gedanken. –
»Gut!!!« rief er sich zum Meisterlohn,
Er ging sogar nicht gern davon.

Kein Wunder, daß es uns berückt,
Wenn Auge frisch in Auge blickt,
Als hätten wir's so weit gebracht,
Bei dem zu sein, der uns gedacht.
Und ruft er uns, wohlan, es sei!
Nur, das beding ich, alle zwei.
Dich halten dieser Arme Schranken,
Liebster von allen Gottesgedanken.

Elegie

Und wenn der Mensch in seiner Qual verstummt.
Gab mir ein Gott zu sagen, was ich leide.

Was soll ich nun vom Wiedersehen hoffen,
Von dieses Tages noch geschloßner Blüte?
Das Paradies, die Hölle steht dir offen;
Wie wankelsinnig regt sich's im Gemüte! –
Kein Zweifeln mehr! Sie tritt ans Himmelstor,
Zu ihren Armen hebt sie dich empor.

So warst du denn im Paradies empfangen,
Als wärst du wert des ewig schönen Lebens;
Dir blieb kein Wunsch, kein Hoffen, kein Verlangen,
Hier war das Ziel des innigsten Bestrebens,
Und in dem Anschaun dieses einzig Schönen
Versiegte gleich der Quell sehnsüchtiger Tränen.

Wie regte nicht der Tag die raschen Flügel,
Schien die Minuten vor sich her zu treiben!
Der Abendkuß, ein treu verbindlich Siegel:
So wird es auch der nächsten Sonne bleiben.
Die Stunden glichen sich in zartem Wandern
Wie Schwestern zwar, doch keine ganz den andern.

Der Kuß, der letzte, grausam süß, zerschneidend
Ein herrliches Geflecht verschlungner Minnen.
Nun eilt, nun stockt der Fuß, die Schwelle meidend,
Als trieb' ein Cherub flammend ihn von hinnen;
Das Auge starrt auf düstrem Pfad verdrossen,
Es blickt zurück, die Pforte steht verschlossen.

Und nun verschlossen in sich selbst, als hätte
Dies Herz sich nie geöffnet, selige Stunden
Mit jedem Stern des Himmels um die Wette

An ihrer Seite leuchtend nicht empfunden;
Und Mißmut, Reue, Vorwurf, Sorgenschwere
Belasten's nun in schwüler Atmosphäre.

Ist denn die Welt nicht übrig? Felsenwände,
Sind sie nicht mehr gekrönt von heiligen Schatten?
Die Ernte, reift sie nicht? Ein grün Gelände,
Zieht sich's nicht hin am Fluß durch Busch und Matten?
Und wölbt sich nicht das überweltlich Große,
Gestaltenreiche, bald Gestaltenlose?

Wie leicht und zierlich, klar und zart gewoben
Schwebt, seraphgleich, aus ernster Wolken Chor,
Als glich' es ihr, am blauen Äther droben
Ein schlank Gebild aus lichtem Duft empor;
So sahst du sie in frohem Tanze walten,
Die lieblichste der lieblichsten Gestalten.

Doch nur Momente darfst dich unterwinden,
Ein Luftgebild statt ihrer festzuhalten;
Ins Herz zurück! dort wirst du's besser finden,
Dort regt sie sich in wechselnden Gestalten;
Zu vielen bildet *eine* sich hinüber,
So tausendfach, und immer immer lieber.

Wie zum Empfang sie an den Pforten weilte
Und mich von dannauf stufenweis beglückte;
Selbst nach dem letzten Kuß mich noch ereilte,
Den letztesten mir auf die Lippen drückte:
So klar beweglich bleibt das Bild der Lieben
Mit Flammenschrift ins treue Herz geschrieben.

Ins Herz, das fest wie zinnenhohe Mauer
Sich ihr bewahrt und sie in sich bewahret,
Für sie sich freut an seiner eignen Dauer,
Nur weiß von sich, wenn sie sich offenbaret,

Sich freier fühlt in so geliebten Schranken
Und nur noch schlägt, für alles ihr zu danken.

War Fähigkeit zu lieben, war Bedürfen
Von Gegenliebe weggelöscht, verschwunden,
Ist Hoffnungslust zu freudigen Entwürfen,
Entschlüssen, rascher Tat sogleich gefunden!
Wenn Liebe je den Liebenden begeistet,
Ward es an mir aufs lieblichste geleistet;

Und zwar durch sie! – Wie lag ein innres Bangen
Auf Geist und Körper, unwillkommner Schwere:
Von Schauerbildern rings der Blick umfangen
Im wüsten Raum beklommner Herzensleere;
Nun dämmert Hoffnung von bekannter Schwelle,
Sie selbst erscheint in milder Sonnenhelle.

Dem Frieden Gottes, welcher euch hienieden
Mehr als Vernunft beseliget – wir lesen's –,
Vergleich ich wohl der Liebe heitern Frieden
In Gegenwart des allgeliebten Wesens;
Da ruht das Herz, und nichts vermag zu stören
Den tiefsten Sinn, den Sinn, ihr zu gehören.

In unsers Busens Reine wogt ein Streben,
Sich einem Höhern, Reinern, Unbekannten
Aus Dankbarkeit freiwillig hinzugeben,
Enträtselnd sich den ewig Ungenannten;
Wir heißen's: fromm sein! – Solcher seligen Höhe
Fühl ich mich teilhaft, wenn ich vor ihr stehe.

Vor ihrem Blick, wie vor der Sonne Walten,
Vor ihrem Atem, wie vor Frühlingslüften,
Zerschmilzt, so längst sich eisig starr gehalten,
Der Selbstsinn tief in winterlichen Grüften;
Kein Eigennutz, kein Eigenwille dauert,
Vor ihrem Kommen sind sie weggeschauert.

Es ist, als wenn sie sagte: Stund um Stunde
Wird uns das Leben freundlich dargeboten,
Das Gestrige ließ uns geringe Kunde,
Das Morgende, zu wissen ist's verboten;
Und wenn ich je mich vor dem Abend scheute,
Die Sonne sank und sah noch, was mich freute.

Drum tu wie ich und schaue, froh verständig,
Dem Augenblick ins Auge! Kein Verschieben!
Begegn' ihm schnell, wohlwollend wie lebendig,
Im Handeln sei's, zur Freude, sei's dem Lieben;
Nur wo du bist, sei alles, immer kindlich,
So bist du alles, bist unüberwindlich.

Du hast gut reden, dacht ich, zum Geleite
Gab dir ein Gott die Gunst des Augenblickes,
Und jeder fühlt an deiner holden Seite
Sich augenblicks den Günstling des Geschickes;
Mich schreckt der Wink, von dir mich zu entfernen –
Was hilft es mir, so hohe Weisheit lernen!

Nun bin ich fern! Der jetzigen Minute,
Was ziemt denn der? Ich wüßt es nicht zu sagen;
Sie bietet mir zum Schönen manches Gute,
Das lastet nur, ich muß mich ihm entschlagen;
Mich treibt umher ein unbezwinglich Sehnen,
Da bleibt kein Rat als grenzenlose Tränen.

So quellt denn fort! und fließet unaufhaltsam;
Doch nie geläng's, die innre Glut zu dämpfen!
Schon rast's und reißt in meiner Brust gewaltsam,
Wo Tod und Leben grausend sich bekämpfen.
Wohl Kräuter gäb's, des Körpers Qual zu stillen;
Allein dem Geist fehlt's am Entschluß und Willen,

Fehlt's am Begriff: wie sollt er sie vermissen?
Er wiederholt ihr Bild zu tausend Malen.

Das zaudert bald, bald wird es weggerissen,
Undeutlich jetzt und jetzt im reinsten Strahlen;
Wie könnte dies geringstem Troste frommen,
Die Ebb und Flut, das Gehen wie das Kommen?

—

Verlaßt mich hier, getreue Weggenossen!
Laßt mich allein am Fels, in Moor und Moos;
Nur immer zu! euch ist die Welt erschlossen,
Die Erde weit, der Himmel hehr und groß;
Betrachtet, forscht, die Einzelheiten sammelt,
Naturgeheimnis werde nachgestammelt.

Mir ist das All, ich bin mir selbst verloren,
Der ich noch erst den Göttern Liebling war;
Sie prüften mich, verliehen mir Pandoren,
So reich an Gütern, reicher an Gefahr;
Sie drängten mich zum gabeseligen Munde,
Sie trennen mich, und richten mich zugrunde.

Chinesisch-deutsche Jahres- und Tageszeiten

VII

War schöner als der schönste Tag,
Drum muß man mir verzeihen,
Daß ich sie nicht vergessen mag,
Am wenigsten im Freien.
Im Garten war's, sie kam heran,
Mir ihre Gunst zu zeigen;
Das fühl ich noch und denke dran
Und bleib ihr ganz zu eigen.

Lieder und Balladen

Ich singe, wie der Vogel singt,
Der in den Zweigen wohnet.

Heidenröslein

Sah ein Knab ein Röslein stehn,
Röslein auf der Heiden,
War so jung und morgenschön,
Lief er schnell, es nah zu sehn,
Sah's mit vielen Freuden.
Röslein, Röslein, Röslein rot,
Röslein auf der Heiden.

Knabe sprach: »Ich breche dich,
Röslein auf der Heiden!«
Röslein sprach: »Ich steche dich,
Daß du ewig denkst an mich,
Und ich will's nicht leiden.«
Röslein, Röslein, Röslein rot,
Röslein auf der Heiden.

Und der wilde Knabe brach
's Röslein auf der Heiden;
Röslein wehrte sich und stach,
Half ihm doch kein Weh und Ach,
Mußt es eben leiden.
Röslein, Röslein, Röslein rot,
Röslein auf der Heiden.

Schäfers Klagelied

Da droben auf jenem Berge,
Da steh ich tausendmal
An meinem Stabe gebogen
Und schaue hinab in das Tal.

Dann folg ich der weidenden Herde,
Mein Hündchen bewahret mir sie.
Ich bin herunter gekommen
Und weiß doch selber nicht wie.

Da stehet von schönen Blumen
Die ganze Wiese so voll.
Ich breche sie, ohne zu wissen,
Wem ich sie geben soll.

Und Regen, Sturm und Gewitter
Verpaß ich unter dem Baum.
Die Türe dort bleibet verschlossen;
Doch alles ist leider ein Traum.

Es stehet ein Regenbogen
Wohl über jenem Haus!
Sie aber ist weggezogen,
Und weit in das Land hinaus.

Hinaus in das Land und weiter,
Vielleicht gar über die See.
Vorüber, ihr Schafe, vorüber!
Dem Schäfer ist gar so weh.

Bergschloss

Da droben auf jenem Berge,
Da steht ein altes Schloß,
Wo hinter Toren und Türen
Sonst lauerten Ritter und Roß.

Verbrannt sind Türen und Tore,
Und überall ist es so still;
Das alte, verfallne Gemäuer
Durchklettr' ich, wie ich nur will.

Hierneben lag ein Keller,
So voll von köstlichem Wein;
Nun steiget nicht mehr mit Krügen
Die Kellnerin heiter hinein.

Sie setzt den Gästen im Saale
Nicht mehr die Becher umher,
Sie füllt zum heiligen Mahle
Dem Pfaffen das Fläschchen nicht mehr.

Sie reicht dem lüsternen Knappen
Nicht mehr auf dem Gange den Trank
Und nimmt für flüchtige Gabe
Nicht mehr den flüchtigen Dank.

Denn alle Balken und Decken,
Sie sind schon lange verbrannt,
Und Trepp und Gang und Kapelle
In Schutt und Trümmer verwandt.

Doch als mit Zither und Flasche
Nach diesen felsigen Höhn
Ich an dem heitersten Tage
Mein Liebchen steigen gesehn,

Da drängte sich frohes Behagen
Hervor aus verödeter Ruh,
Da ging's wie in alten Tagen
Recht feierlich wieder zu.

Als wären für stattliche Gäste
Die weitesten Räume bereit,
Als käm ein Pärchen gegangen
Aus jener tüchtigen Zeit.

Als stünd in seiner Kapelle
Der würdige Pfaffe schon da
Und fragte: Wollt ihr einander?
Wir aber lächelten: Ja!

Und tief bewegten Gesänge
Des Herzens innigsten Grund,
Es zeugte statt der Menge
Der Echo schallender Mund.

Und als sich gegen den Abend
Im stillen alles verlor,
Da blickte die glühende Sonne
Zum schroffen Gipfel empor.

Und Knapp und Kellnerin glänzen
Als Herren weit und breit;
Sie nimmt sich zum Kredenzen
Und er zum Danke sich Zeit.

Der König in Thule

Es war ein König in Thule
Gar treu bis an das Grab,
Dem sterbend seine Buhle
Einen goldnen Becher gab.

Es ging ihm nichts darüber,
Er leert' ihn jeden Schmaus;
Die Augen gingen ihm über,
Sooft er trank daraus.

Und als er kam zu sterben,
Zählt' er seine Städt im Reich,
Gönnt' alles seinem Erben,
Den Becher nicht zugleich.

Er saß beim Königsmahle,
Die Ritter um ihn her,
Auf hohem Vätersaale,
Dort auf dem Schloß am Meer.

Dort stand der alte Zecher,
Trank letzte Lebensglut,
Und warf den heil'gen Becher
Hinunter in die Flut.

Er sah ihn stürzen, trinken
Und sinken tief ins Meer.
Die Augen täten ihm sinken;
Trank nie einen Tropfen mehr.

Der Sänger

»Was hör ich draußen vor dem Tor,
Was auf der Brücke schallen?
Laß den Gesang vor unserm Ohr
Im Saale widerhallen!«
Der König sprach's, der Page lief;
Der Knabe kam, der König rief:
»Laßt mir herein den Alten!«

»Gegrüßet seid mir, edle Herrn,
Gegrüßt ihr, schöne Damen!
Welch reicher Himmel! Stern bei Stern!
Wer kennet ihre Namen?
Im Saal voll Pracht und Herrlichkeit
Schließt, Augen, euch; hier ist nicht Zeit,
Sich staunend zu ergetzen.«

Der Sänger drückt' die Augen ein
Und schlug in vollen Tönen;
Die Ritter schauten mutig drein
Und in den Schoß die Schönen.
Der König, dem das Lied gefiel,
Ließ, ihn zu ehren für sein Spiel,
Eine goldne Kette holen.

»Die goldne Kette gib mir nicht,
Die Kette gib den Rittern,
Vor deren kühnem Angesicht
Der Feinde Lanzen splittern;
Gib sie dem Kanzler, den du hast,
Und laß ihn noch die goldne Last
Zu andern Lasten tragen.

Ich singe, wie der Vogel singt,
Der in den Zweigen wohnet;
Das Lied, das aus der Kehle dringt,
Ist Lohn, der reichlich lohnet.
Doch darf ich bitten, bitt ich eins:
Laß mir den besten Becher Weins
In purem Golde reichen.«

Er setzt' ihn an, er trank ihn aus:
»O Trank voll süßer Labe!
O wohl dem hochbeglückten Haus,
Wo das ist kleine Gabe!
Ergeht's euch wohl, so denkt an mich,
Und danket Gott so warm, als ich
Für diesen Trunk euch danke.«

Der Fischer

Das Wasser rauscht', das Wasser schwoll,
Ein Fischer saß daran,
Sah nach dem Angel ruhevoll,
Kühl bis ans Herz hinan.
Und wie er sitzt und wie er lauscht,
Teilt sich die Flut empor;
Aus dem bewegten Wasser rauscht
Ein feuchtes Weib hervor.

Sie sang zu ihm, sie sprach zu ihm:
»Was lockst du meine Brut
Mit Menschenwitz und Menschenlist
Hinauf in Todesglut?
Ach wüßtest du, wie's Fischlein ist
So wohlig auf dem Grund,
Du stiegst herunter, wie du bist,
Und würdest erst gesund.

Labt sich die liebe Sonne nicht,
Der Mond sich nicht im Meer?
Kehrt wellenatmend ihr Gesicht
Nicht doppelt schöner her?
Lockt dich der tiefe Himmel nicht,
Das feuchtverklärte Blau?
Lockt dich dein eigen Angesicht
Nicht her in ew'gen Tau?«

Das Wasser rauscht', das Wasser schwoll,
Netzt' ihm den nackten Fuß;
Sein Herz wuchs ihm so sehnsuchtsvoll,
Wie bei der Liebsten Gruß.

Sie sprach zu ihm, sie sang zu ihm;
Da war's um ihn geschehn:
Halb zog sie ihn, halb sank er hin,
Und ward nicht mehr gesehn.

Erlkönig

Wer reitet so spät durch Nacht und Wind?
Es ist der Vater mit seinem Kind;
Er hat den Knaben wohl in dem Arm,
Er faßt ihn sicher, er hält ihn warm.

»Mein Sohn, was birgst du so bang dein Gesicht?«
»Siehst, Vater, du den Erlkönig nicht?
Den Erlenkönig mit Kron und Schweif?«
»Mein Sohn, es ist ein Nebelstreif.«

»Du liebes Kind, komm, geh mit mir!
Gar schöne Spiele spiel ich mit dir;
Manch bunte Blumen sind an dem Strand;
Meine Mutter hat manch gülden Gewand.«

»Mein Vater, mein Vater, und hörest du nicht,
Was Erlenkönig mir leise verspricht?«
»Sei ruhig, bleibe ruhig, mein Kind;
In dürren Blättern säuselt der Wind.«

»Willst, feiner Knabe, du mit mir gehn?
Meine Töchter sollen dich warten schön;
Meine Töchter führen den nächtlichen Reihn
Und wiegen und tanzen und singen dich ein.«

»Mein Vater, mein Vater, und siehst du nicht dort
Erlkönigs Töchter am düstern Ort?«
»Mein Sohn, mein Sohn, ich seh es genau:
Es scheinen die alten Weiden so grau.«

»Ich liebe dich, mich reizt deine schöne Gestalt;
Und bist du nicht willig, so brauch ich Gewalt.«
»Mein Vater, mein Vater, jetzt faßt er mich an!
Erlkönig hat mir ein Leids getan!«

Dem Vater grauset's, er reitet geschwind,
Er hält in Armen das ächzende Kind,
Erreicht den Hof mit Mühe und Not;
In seinen Armen das Kind war tot.

Der Zauberlehrling

Hat der alte Hexenmeister
Sich doch einmal wegbegeben!
Und nun sollen seine Geister
Auch nach meinem Willen leben.
Seine Wort' und Werke
Merkt ich und den Brauch,
Und mit Geistesstärke
Tu ich Wunder auch.

Walle! walle
Manche Strecke,
Daß, zum Zwecke,
Wasser fließe
Und mit reichem, vollem Schwalle
Zu dem Bade sich ergieße.

Und nun komm, du alter Besen!
Nimm die schlechten Lumpenhüllen;
Bist schon lange Knecht gewesen;
Nun erfülle meinen Willen!
Auf zwei Beinen stehe,
Oben sei ein Kopf,
Eile nun und gehe
Mit dem Wassertopf!

Walle! walle
Manche Strecke,
Daß, zum Zwecke,
Wasser fließe
Und mit reichem, vollem Schwalle
Zu dem Bade sich ergieße.

Seht, er läuft zum Ufer nieder;
Wahrlich! ist schon an dem Flusse,
Und mit Blitzesschnelle wieder
Ist er hier mit raschem Gusse.
Schon zum zweiten Male!
Wie das Becken schwillt!
Wie sich jede Schale
Voll mit Wasser füllt!

Stehe! stehe!
Denn wir haben
Deiner Gaben
Vollgemessen! –
Ach, ich merk es! Wehe! wehe!
Hab ich doch das Wort vergessen!

Ach, das Wort, worauf am Ende
Er das wird, was er gewesen.
Ach, er läuft und bringt behende!
Wärst du doch der alte Besen!
Immer neue Güsse
Bringt er schnell herein,
Ach! und hundert Flüsse
Stürzen auf mich ein.

Nein, nicht länger
Kann ich's lassen;
Will ihn fassen.
Das ist Tücke!
Ach! nun wird mir immer bänger!
Welche Miene! welche Blicke!

O du Ausgeburt der Hölle!
Soll das ganze Haus ersaufen?
Seh ich über jede Schwelle
Doch schon Wasserströme laufen.

Ein verruchter Besen,
Der nicht hören will!
Stock, der du gewesen,
Steh doch wieder still!

Willst's am Ende
Gar nicht lassen?
Will dich fassen,
Will dich halten
Und das alte Holz behende
Mit dem scharfen Beile spalten.

Seht, da kommt er schleppend wieder!
Wie ich mich nur auf dich werfe,
Gleich, o Kobold, liegst du nieder;
Krachend trifft die glatte Schärfe.
Wahrlich! brav getroffen!
Seht, er ist entzwei!
Und nun kann ich hoffen,
Und ich atme frei!

Wehe! wehe!
Beide Teile
Stehn in Eile
Schon als Knechte
Völlig fertig in die Höhe!
Helft mir, ach! ihr hohen Mächte!

Und sie laufen! Naß und nässer
Wird's im Saal und auf den Stufen.
Welch entsetzliches Gewässer!
Herr und Meister! hör mich rufen! –
Ach, da kommt der Meister!
Herr, die Not ist groß!
Die ich rief, die Geister,
Werd ich nun nicht los.

»In die Ecke,
Besen! Besen!
Seid's gewesen.
Denn als Geister
Ruft euch nur, zu seinem Zwecke,
Erst hervor der alte Meister.«

Der Gott und die Bajadere

Indische Legende

Mahadöh, der Herr der Erde,
Kommt herab zum sechsten Mal,
Daß er unsersgleichen werde,
Mitzufühlen Freud und Qual.
Er bequemt sich, hier zu wohnen,
Läßt sich alles selbst geschehn.
Soll er strafen oder schonen,
Muß er Menschen menschlich sehn.
Und hat er die Stadt sich als Wandrer betrachtet,
Die Großen belauert, auf Kleine geachtet,
Verläßt er sie abends, um weiterzugehn.

Als er nun hinausgegangen,
Wo die letzten Häuser sind,
Sieht er, mit gemalten Wangen,
Ein verlornes schönes Kind.
»Grüß dich, Jungfrau!« – »Dank der Ehre!
Wart, ich komme gleich hinaus.«
»Und wer bist du?« – »Bajadere,
Und dies ist der Liebe Haus.«
Sie rührt sich, die Cymbeln zum Tanze zu schlagen;
Sie weiß sich so lieblich im Kreise zu tragen,
Sie neigt sich und biegt sich und reicht ihm den Strauß.

Schmeichelnd zieht sie ihn zur Schwelle,
Lebhaft ihn ins Haus hinein.
»Schöner Fremdling, lampenhelle
Soll sogleich die Hütte sein.
Bist du müd, ich will dich laben,
Lindern deiner Füße Schmerz.

Was du willst, das sollst du haben,
Ruhe, Freuden oder Scherz.«
Sie lindert geschäftig geheuchelte Leiden.
Der Göttliche lächelt; er siehet mit Freuden
Durch tiefes Verderben ein menschliches Herz.

Und er fordert Sklavendienste;
Immer heitrer wird sie nur,
Und des Mädchens frühe Künste
Werden nach und nach Natur.
Und so stellet auf die Blüte
Bald und bald die Frucht sich ein;
Ist Gehorsam im Gemüte,
Wird nicht fern die Liebe sein.
Aber sie schärfer und schärfer zu prüfen,
Wählet der Kenner der Höhen und Tiefen
Lust und Entsetzen und grimmige Pein.

Und er küßt die bunten Wangen,
Und sie fühlt der Liebe Qual,
Und das Mädchen steht gefangen,
Und sie weint zum erstenmal;
Sinkt zu seinen Füßen nieder,
Nicht um Wollust noch Gewinst,
Ach! und die gelenken Glieder,
Sie versagen allen Dienst.
Und so zu des Lagers vergnüglicher Feier
Bereiten den dunklen, behaglichen Schleier
Die nächtlichen Stunden, das schöne Gespinst.

Spät entschlummert unter Scherzen,
Früh erwacht nach kurzer Rast,
Findet sie an ihrem Herzen
Tot den vielgeliebten Gast.
Schreiend stürzt sie auf ihn nieder;
Aber nicht erweckt sie ihn,

Und man trägt die starren Glieder
Bald zur Flammengrube hin.
Sie höret die Priester, die Totengesänge,
Sie raset und rennet und teilet die Menge.
»Wer bist du? was drängt zu der Grube dich hin?«

Bei der Bahre stürzt sie nieder,
Ihr Geschrei durchdringt die Luft:
»Meinen Gatten will ich wieder!
Und ich such ihn in der Gruft.
Soll zu Asche mir zerfallen
Dieser Glieder Götterpracht?
Mein! er war es, mein vor allen!
Ach, nur *eine* süße Nacht!«
Es singen die Priester: »Wir tragen die Alten,
Nach langem Ermatten und spätem Erkalten,
Wir tragen die Jugend, noch eh sie's gedacht.

Höre deiner Priester Lehre:
Dieser war dein Gatte nicht.
Lebst du doch als Bajadere,
Und so hast du keine Pflicht.
Nur dem Körper folgt der Schatten
In das stille Totenreich;
Nur die Gattin folgt dem Gatten:
Das ist Pflicht und Ruhm zugleich.
Ertöne, Drommete, zu heiliger Klage!
O nehmet, ihr Götter! die Zierde der Tage,
O nehmet den Jüngling in Flammen zu euch!«

So das Chor, das ohn Erbarmen
Mehret ihres Herzens Not;
Und mit ausgestreckten Armen
Springt sie in den heißen Tod.
Doch der Götterjüngling hebet
Aus der Flamme sich empor,

Und in seinen Armen schwebet
Die Geliebte mit hervor.
Es freut sich die Gottheit der reuigen Sünder;
Unsterbliche heben verlorene Kinder
Mit feurigen Armen zum Himmel empor.

Mignon

Kennst du das Land, wo die Zitronen blühn,
Im dunkeln Laub die Goldorangen glühn,
Ein sanfter Wind vom blauen Himmel weht,
Die Myrte still und hoch der Lorbeer steht,
Kennst du es wohl?
Dahin! Dahin
Möcht ich mit dir, o mein Geliebter, ziehn.

Kennst du das Haus? Auf Säulen ruht sein Dach,
Es glänzt der Saal, es schimmert das Gemach,
Und Marmorbilder stehn und sehn mich an:
Was hat man dir, du armes Kind, getan?
Kennst du es wohl?
Dahin! Dahin
Möcht ich mit dir, o mein Beschützer, ziehn.

Kennst du den Berg und seinen Wolkensteg?
Das Maultier sucht im Nebel seinen Weg;
In Höhlen wohnt der Drachen alte Brut;
Es stürzt der Fels und über ihn die Flut,
Kennst du ihn wohl?
Dahin! Dahin
Geht unser Weg! o Vater, laß uns ziehn!

Philine

Singet nicht in Trauertönen
Von der Einsamkeit der Nacht;
Nein, sie ist, o holde Schönen,
Zur Geselligkeit gemacht.

Wie das Weib dem Mann gegeben
Als die schönste Hälfte war,
Ist die Nacht das halbe Leben,
Und die schönste Hälfte zwar.

Könnt ihr euch des Tages freuen,
Der nur Freuden unterbricht?
Er ist gut, sich zu zerstreuen;
Zu was anderm taugt er nicht.

Aber wenn in nächt'ger Stunde
Süßer Lampe Dämmrung fließt
Und vom Mund zum nahen Munde
Scherz und Liebe sich ergießt,

Wenn der rasche lose Knabe,
Der sonst wild und feurig eilt,
Oft bei einer kleinen Gabe
Unter leichten Spielen weilt,

Wenn die Nachtigall Verliebten
Liebevoll ein Liedchen singt,
Das Gefangnen und Betrübten
Nur wie Ach und Wehe klingt:

Mit wie leichtem Herzensregen
Horchet ihr der Glocke nicht,
Die mit zwölf bedächt'gen Schlägen
Ruh und Sicherheit verspricht!

Darum an dem langen Tage
Merke dir es, liebe Brust:
Jeder Tag hat seine Plage,
Und die Nacht hat ihre Lust.

Ergo bibamus!

Hier sind wir versammelt zu löblichem Tun,
  Drum, Brüderchen! Ergo bibamus.
Die Gläser, sie klingen, Gespräche, sie ruhn,
  Beherziget Ergo bibamus.
Das heißt noch ein altes, ein tüchtiges Wort:
Es passet zum ersten und passet so fort,
Und schallet ein Echo vom festlichen Ort,
  Ein herrliches Ergo bibamus.

Ich hatte mein freundliches Liebchen gesehn,
  Da dacht ich mir: Ergo bibamus.
Und nahte mich traulich; da ließ sie mich stehn.
  Ich half mir und dachte: Bibamus.
Und wenn sie versöhnet euch herzet und küßt
Und wenn ihr das Herzen und Küssen vermißt,
So bleibet nur, bis ihr was Besseres wißt,
  Beim tröstlichen Ergo bibamus.

Mich ruft mein Geschick von den Freunden hinweg;
  Ihr Redlichen! Ergo bibamus.
Ich scheide von hinnen mit leichtem Gepäck;
  Drum doppeltes Ergo bibamus.
Und was auch der Filz von dem Leibe sich schmorgt,
So bleibt für den Heitern doch immer gesorgt,
Weil immer dem Frohen der Fröhliche borgt;
  Drum, Brüderchen! Ergo bibamus.

Was sollen wir sagen zum heutigen Tag!
  Ich dächte nur: Ergo bibamus.
Er ist nun einmal von besonderem Schlag;
  Drum immer aufs neue: Bibamus.

Er führet die Freude durchs offene Tor,
Es glänzen die Wolken, es teilt sich der Flor,
Da scheint uns ein Bildchen, ein göttliches, vor;
Wir klingen und singen: Bibamus.

Klassisches

Ein weißer Glanz ruht über Land und Meer
Und duftend schwebt der Äther ohne Wolken.

34a

Oft erklärtet ihr euch als Freunde des Dichters, ihr Götter!
Gebt ihm auch, was er bedarf! Mäßiges braucht er, doch viel:
Erstlich freundliche Wohnung, dann leidlich zu essen, zu trinken
Gut; der Deutsche versteht sich auf den Nektar wie ihr.
Dann geziemende Kleidung, und Freunde, vertraulich zu schwatzen;
Dann ein Liebchen des Nachts, das ihn von Herzen begehrt.
Diese fünf natürlichen Dinge verlang ich vor allem.
Gebet mir ferner dazu Sprachen, die alten und neu'n,
Daß ich der Völker Gewerb und ihre Geschichten vernehme;
Gebt mir ein reines Gefühl, was sie in Künsten getan.
Ansehn gebt mir im Volke, verschafft bei Mächtigen Einfluß,
Oder was sonst noch bequem unter den Menschen erscheint;
Gut – schon dank ich euch, Götter; ihr habt den glücklichsten Menschen
Ehstens fertig: denn ihr gönntet das meiste mir schon.

Römische Elegien

I

Saget, Steine, mir an, o sprecht, ihr hohen Paläste!
Straßen, redet ein Wort! Genius, regst du dich nicht?
Ja, es ist alles beseelt in deinen heiligen Mauern,
Ewige Roma; nur mir schweiget noch alles so still.
O wer flüstert mir zu, an welchem Fenster erblick ich
Einst das holde Geschöpf, das mich versengend erquickt?
Ahn ich die Wege noch nicht, durch die ich immer und immer,
Zu ihr und von ihr zu gehn, opfre die köstliche Zeit?
Noch betracht ich Kirch und Palast, Ruinen und Säulen,
Wie ein bedächtiger Mann schicklich die Reise benutzt.
Doch bald ist es vorbei; dann wird ein einziger Tempel,
Amors Tempel, nur sein, der den Geweihten empfängt.
Eine Welt zwar bist du, o Rom; doch ohne die Liebe
Wäre die Welt nicht die Welt, wäre denn Rom auch nicht Rom.

V

Froh empfind ich mich nun auf klassischem Boden begeistert;
Vor- und Mitwelt spricht lauter und reizender mir.
Hier befolg ich den Rat, durchblättre die Werke der Alten
Mit geschäftiger Hand, täglich mit neuem Genuß.
Aber die Nächte hindurch hält Amor mich anders beschäftigt;
Werd ich auch halb nur gelehrt, bin ich doch doppelt beglückt.
Und belehr ich mich nicht, indem ich des lieblichen Busens
Formen spähe, die Hand leite die Hüften hinab?
Dann versteh ich den Marmor erst recht; ich denk und vergleiche,
Sehe mit fühlendem Aug, fühle mit sehender Hand.
Raubt die Liebste denn gleich mir einige Stunden des Tages,
Gibt sie Stunden der Nacht mir zur Entschädigung hin.
Wird doch nicht immer geküßt, es wird vernünftig gesprochen;
Überfällt sie der Schlaf, lieg ich und denke mir viel.
Oftmals hab ich auch schon in ihren Armen gedichtet
Und des Hexameters Maß leise mit fingernder Hand
Ihr auf den Rücken gezählt. Sie atmet in lieblichem Schlummer,
Und es durchglühet ihr Hauch mir bis ins Tiefste die Brust.
Amor schüret die Lamp indes und denket der Zeiten,
Da er den nämlichen Dienst seinen Triumvirn getan.

IX

Herbstlich leuchtet die Flamme vom ländlich geselligen Herde,
Knistert und glänzet, wie rasch! sausend vom Reisig empor.
Diesen Abend erfreut sie mich mehr; denn eh noch zur Kohle
Sich das Bündel verzehrt, unter die Asche sich neigt,
Kommt mein liebliches Mädchen. Dann flammen Reisig und Scheite,
Und die erwärmete Nacht wird uns ein glänzendes Fest.
Morgen frühe geschäftig verläßt sie das Lager der Liebe,
Weckt aus der Asche behend Flammen aufs neue hervor.
Denn vor andern verlieh der Schmeichlerin Amor die Gabe,
Freude zu wecken, die kaum still wie zu Asche versank.

Also das wäre Verbrechen, daß einst Properz mich begeistert,
Daß Martial sich zu mir auch, der verwegne, gesellt?
Daß ich die Alten nicht hinter mir ließ, die Schule zu hüten,
Daß sie nach Latium gern mir in das Leben gefolgt?
Daß ich Natur und Kunst zu schaun mich treulich bestrebe,
Daß kein Name mich täuscht, daß mich kein Dogma beschränkt?
Daß nicht des Lebens bedingender Drang mich, den Menschen, verändert,
Daß ich der Heuchelei dürftige Maske verschmäht?
Solcher Fehler, die du, o Muse, so emsig gepfleget,
Zeihet der Pöbel mich; Pöbel nur sieht er in mir.
Ja, sogar der Bessere selbst, gutmütig und bieder,
Will mich anders; doch du, Muse, befiehlst mir allein.
Denn du bist es allein, die noch mir die innere Jugend
Frisch erneuest und sie mir bis zu Ende versprichst.
Aber verdopple nunmehr, o Göttin, die heilige Sorgfalt!
Ach! die Scheitel umwallt reichlich die Locke nicht mehr:
Da bedarf man der Kränze, sich selbst und andre zu täuschen;
Kränzte doch Cäsar selbst nur aus Bedürfnis das Haupt.
Hast du ein Lorbeerreis mir bestimmt, so laß es am Zweige
Weiter grünen, und gib einst es dem Würdigern hin;
Aber Rosen winde genug zum häuslichen Kranze;
Bald als Lilie schlingt silberne Locke sich durch.
Schüre die Gattin das Feuer, auf reinlichem Herde zu kochen!
Werfe der Knabe das Reis, spielend, geschäftig dazu!
Laß im Becher nicht fehlen den Wein! Gesprächige Freunde,
Gleichgesinnte, herein! Kränze, sie warten auf euch.
Erst die Gesundheit des Mannes, der, endlich vom Namen Homeros
Kühn uns befreiend, uns auch ruft in die vollere Bahn.

Denn wer wagte mit Göttern den Kampf? und wer mit dem Einen?
Doch Homeride zu sein, auch nur als letzter, ist schön.
Darum höret das neuste Gedicht! Noch einmal getrunken!
Euch besteche der Wein, Freundschaft und Liebe das Ohr.
Deutschen selber führ ich euch zu, in die stillere Wohnung,
Wo sich, nah der Natur, menschlich der Mensch noch erzieht.
Uns begleite des Dichters Geist, der seine Luise
Rasch dem würdigen Freund, uns zu entzücken, verband.
Auch die traurigen Bilder der Zeit, sie führ ich vorüber;
Aber es siege der Mut in dem gesunden Geschlecht.
Hab ich euch Tränen ins Auge gelockt und Lust in die Seele
Singend geflößt, so kommt, drücket mich herzlich ans Herz!
Weise denn sei das Gespräch! Uns lehret Weisheit am Ende
Das Jahrhundert; wen hat das Geschick nicht geprüft?
Blicket heiterer nun auf jene Schmerzen zurücke,
Wenn euch ein fröhlicher Sinn manches entbehrlich erklärt.
Menschen lernten wir kennen und Nationen; so laßt uns,
Unser eigenes Herz kennend, uns dessen erfreun.

Die Metamorphose der Pflanzen

Dich verwirret, Geliebte, die tausendfältige Mischung
    Dieses Blumengewühls über dem Garten umher;
Viele Namen hörest du an, und immer verdränget
    Mit barbarischem Klang einer den andern im Ohr.
Alle Gestalten sind ähnlich, und keine gleichet der andern,
    Und so deutet das Chor auf ein geheimes Gesetz,
Auf ein heiliges Rätsel. O könnt ich dir, liebliche Freundin,
    Überliefern sogleich glücklich das lösende Wort!
Werdend betrachte sie nun, wie nach und nach sich die Pflanze,
    Stufenweise geführt, bildet zu Blüten und Frucht.
Aus dem Samen entwickelt sie sich, sobald ihn der Erde
    Stille befruchtender Schoß hold in das Leben entläßt
Und dem Reize des Lichts, des heiligen, ewig bewegten,
    Gleich den zärtesten Bau keimender Blätter empfiehlt.
Einfach schlief in dem Samen die Kraft; ein beginnendes Vorbild
    Lag, verschlossen in sich, unter die Hülle gebeugt,
Blatt und Wurzel und Keim, nur halb geformet und farblos;
    Trocken erhält so der Kern ruhiges Leben bewahrt,
Quillet strebend empor, sich milder Feuchte vertrauend,
    Und erhebt sich sogleich aus der umgebenden Nacht.
Aber einfach bleibt die Gestalt der ersten Erscheinung;
    Und so bezeichnet sich auch unter den Pflanzen das Kind.
Gleich darauf ein folgender Trieb, sich erhebend, erneuet,
    Knoten auf Knoten getürmt, immer das erste Gebild.
Zwar nicht immer das gleiche; denn mannigfaltig erzeugt sich,
    Ausgebildet, du siehst's, immer das folgende Blatt,
Ausgedehnter, gekerbter, getrennter in Spitzen und Teile,
    Die verwachsen vorher ruhten im untern Organ.
Und so erreicht es zuerst die höchst bestimmte Vollendung,
    Die bei manchem Geschlecht dich zum Erstaunen bewegt.

Viel gerippt und gezackt, auf mastig strotzender Fläche,
    Scheinet die Fülle des Triebs frei und unendlich zu sein.
Doch hier hält die Natur, mit mächtigen Händen, die Bildung
    An und lenket sie sanft in das Vollkommnere hin.
Mäßiger leitet sie nun den Saft, verengt die Gefäße,
    Und gleich zeigt die Gestalt zärtere Wirkungen an.
Stille zieht sich der Trieb der strebenden Ränder zurücke,
    Und die Rippe des Stiels bildet sich völliger aus.
Blattlos aber und schnell erhebt sich der zärtere Stengel,
    Und ein Wundergebild zieht den Betrachtenden an.
Rings im Kreise stellet sich nun, gezählet und ohne
    Zahl, das kleinere Blatt neben dem ähnlichen hin.
Um die Achse gedrängt, entscheidet der bergende Kelch sich,
    Der zur höchsten Gestalt farbige Kronen entläßt.
Also prangt die Natur in hoher, voller Erscheinung,
    Und sie zeiget, gereiht, Glieder an Glieder gestuft.
Immer staunst du aufs neue, sobald sich am Stengel die Blume
    Über dem schlanken Gerüst wechselnder Blätter bewegt.
Aber die Herrlichkeit wird des neuen Schaffens Verkündung.
    Ja, das farbige Blatt fühlet die göttliche Hand.
Und zusammen zieht es sich schnell; die zärtesten Formen,
    Zwiefach streben sie vor, sich zu vereinen bestimmt.
Traulich stehen sie nun, die holden Paare, beisammen,
    Zahlreich ordnen sie sich um den geweihten Altar.
Hymen schwebet herbei, und herrliche Düfte, gewaltig,
    Strömen süßen Geruch, alles belebend, umher.
Nun vereinzelt schwellen sogleich unzählige Keime,
    Hold in den Mutterschoß schwellender Früchte gehüllt.
Und hier schließt die Natur den Ring der ewigen Kräfte;
    Doch ein neuer sogleich fasset den vorigen an,
Daß die Kette sich fort durch alle Zeiten verlänge
    Und das Ganze belebt, so wie das Einzelne, sei.
Wende nun, o Geliebte, den Blick zum bunten Gewimmel,
    Das verwirrend nicht mehr sich vor dem Geiste bewegt.
Jede Pflanze verkündet dir nun die ew'gen Gesetze,
    Jede Blume, sie spricht lauter und lauter mit dir.

Aber entzifferst du hier der Göttin heilige Lettern,
Überall siehst du sie dann, auch in verändertem Zug.
Kriechend zaudre die Raupe, der Schmetterling eile geschäftig,
Bildsam ändre der Mensch selbst die bestimmte Gestalt.
O gedenke denn auch, wie aus dem Keim der Bekanntschaft
Nach und nach in uns holde Gewohnheit entsproß,
Freundschaft sich mit Macht aus unserm Innern enthüllte,
Und wie Amor zuletzt Blüten und Früchte gezeugt.
Denke, wie mannigfach bald die, bald jene Gestalten,
Still entfaltend, Natur unsern Gefühlen geliehn!
Freue dich auch des heutigen Tags! Die heilige Liebe
Strebt zu der höchsten Frucht gleicher Gesinnungen auf,
Gleicher Ansicht der Dinge, damit in harmonischem Anschaun
Sich verbinde das Paar, finde die höhere Welt.

Epigramme
Venedig 1790

101

»Ach, mein Hals ist ein wenig geschwollen!« so sagte die Beste
Ängstlich. – Stille, mein Kind! still! und vernehme das Wort
Dich hat die Hand der Venus berührt; sie deutet dir leise,
Daß sie das Körperchen bald, ach! unaufhaltsam verstellt.
Bald verdirbt sie die schlanke Gestalt, die zierlichen Brüstchen
Alles schwillt nun; es paßt nirgends das neuste Gewand.
Sei nur ruhig! es deutet die fallende Blüte dem Gärtner,
Daß die liebliche Frucht schwellend im Herbste gedeiht.

102

Wonniglich ist's, die Geliebte verlangend im Arme zu halten,
Wenn ihr klopfendes Herz Liebe zuerst dir gesteht.
Wonniglicher, das Pochen des Neulebendigen fühlen,
Das in dem lieblichen Schoß immer sich nährend bewegt.
Schon versucht es die Sprünge der raschen Jugend; es klopfet
Ungeduldig schon an, sehnt sich nach himmlischem Licht.
Harre noch wenige Tage! Auf allen Pfaden des Lebens
Führen die Horen dich streng, wie es das Schicksal gebeut.
Widerfahre dir, was dir auch will, du wachsender Liebling –
Liebe bildete dich; werde dir Liebe zuteil!

Epigramme
Venedig 1790

29

Vieles hab ich versucht, gezeichnet, in Kupfer gestochen,
   Öl gemalt, in Ton hab ich auch manches gedrückt,
Unbeständig jedoch, und nichts gelernt noch geleistet;
   Nur ein einzig Talent bracht ich der Meisterschaft nah:
Deutsch zu schreiben. Und so verderb ich unglücklicher Dichter
   In dem schlechtesten Stoff leider nun Leben und Kunst.

Natur und Kunst

Alle Blüten müssen vergehn, daß Früchte beglücken;
Blüten und Frucht zugleich gebet ihr, Musen, allein.

Natur und Kunst, sie scheinen sich zu fliehen
Und haben sich, eh man es denkt, gefunden;
Der Widerwille ist auch mir verschwunden,
Und beide scheinen gleich mich anzuziehen.

Es gilt wohl nur ein redliches Bemühen!
Und wenn wir erst in abgemeßnen Stunden
Mit Geist und Fleiß uns an die Kunst gebunden,
Mag frei Natur im Herzen wieder glühen.

So ist's mit aller Bildung auch beschaffen:
Vergebens werden ungebundne Geister
Nach der Vollendung reiner Höhe streben.

Wer Großes will, muß sich zusammenraffen;
In der Beschränkung zeigt sich erst der Meister,
Und das Gesetz nur kann uns Freiheit geben.

Die Nektartropfen

Als Minerva, jenen Liebling,
Den Prometheus, zu begünst'gen,
Eine volle Nektarschale
Von dem Himmel niederbrachte,
Seine Menschen zu beglücken
Und den Trieb zu holden Künsten
Ihrem Busen einzuflößen,
Eilte sie mit schnellen Füßen,
Daß sie Jupiter nicht sähe;
Und die goldne Schale schwankte,
Und es fielen wenig Tropfen
Auf den grünen Boden nieder.

Emsig waren drauf die Bienen
Hinterher und saugten fleißig;
Kam der Schmetterling geschäftig,
Auch ein Tröpfchen zu erhaschen;
Selbst die ungestalte Spinne
Kroch herbei und sog gewaltig.

Glücklich haben sie gekostet,
Sie und andre zarte Tierchen!
Denn sie teilen mit dem Menschen
Nun das schönste Glück, die Kunst.

Amor als Landschaftsmaler

Saß ich früh auf einer Felsenspitze,
Sah mit starren Augen in den Nebel;
Wie ein grau grundiertes Tuch gespannet,
Deckt' er alles in die Breit und Höhe.

Stellt' ein Knabe sich mir an die Seite,
Sagte: »Lieber Freund, wie magst du starrend
Auf das leere Tuch gelassen schauen?
Hast du denn zum Malen und zum Bilden
Alle Lust auf ewig wohl verloren?«

Sah ich an das Kind und dachte heimlich:
Will das Bübchen doch den Meister machen!
»Willst du immer trüb und müßig bleiben«,
Sprach der Knabe, »kann nichts Kluges werden:
Sieh, ich will dir gleich ein Bildchen malen,
Dich ein hübsches Bildchen malen lehren.«

Und er richtete den Zeigefinger,
Der so rötlich war wie eine Rose,
Nach dem weiten, ausgespannten Teppich,
Fing mit seinem Finger an zu zeichnen:

Oben malt' er eine schöne Sonne,
Die mir in die Augen mächtig glänzte,
Und den Saum der Wolken macht' er golden,
Ließ die Strahlen durch die Wolken dringen;
Malte dann die zarten, leichten Wipfel
Frisch erquickter Bäume, zog die Hügel,
Einen nach dem andern, frei dahinter;
Unten ließ er's nicht an Wasser fehlen,

Zeichnete den Fluß so ganz natürlich,
Daß er schien im Sonnenstrahl zu glitzern,
Daß er schien am hohen Rand zu rauschen.

Ach, da standen Blumen an dem Flusse,
Und da waren Farben auf der Wiese,
Gold und Schmelz und Purpur und ein Grünes,
Alles wie Smaragd und wie Karfunkel!
Hell und rein lasiert' er drauf den Himmel
Und die blauen Berge fern und ferner,
Daß ich ganz entzückt und neu geboren
Bald den Maler, bald das Bild beschaute.

»Hab ich doch«, so sagt' er, »dir bewiesen,
Daß ich dieses Handwerk gut verstehe;
Doch es ist das Schwerste noch zurücke.«

Zeichnete darnach mit spitzem Finger
Und mit großer Sorgfalt an dem Wäldchen,
Grad ans Ende, wo die Sonne kräftig
Von dem hellen Boden widerglänzte,
Zeichnete das allerliebste Mädchen,
Wohlgebildet, zierlich angekleidet,
Frische Wangen unter braunen Haaren,
Und die Wangen waren von der Farbe
Wie das Fingerchen, das sie gebildet.

»O du Knabe!« rief ich, »welch ein Meister
Hat in seine Schule dich genommen,
Daß du so geschwind und so natürlich
Alles klug beginnst und gut vollendest?«

Da ich noch so rede, sieh, da rühret
Sich ein Windchen und bewegt die Gipfel,
Kräuselt alle Wellen auf dem Flusse,
Füllt den Schleier des vollkommnen Mädchens,

Und was mich Erstaunten mehr erstaunte,
Fängt das Mädchen an, den Fuß zu rühren,
Geht zu kommen, nähert sich dem Orte,
Wo ich mit dem losen Lehrer sitze.

Da nun alles, alles sich bewegte,
Bäume, Fluß und Blumen und der Schleier
Und der zarte Fuß der Allerschönsten:
Glaubt ihr wohl, ich sei auf meinem Felsen
Wie ein Felsen still und fest geblieben?

Der Musensohn

Durch Feld und Wald zu schweifen,
Mein Liedchen wegzupfeifen,
So geht's von Ort zu Ort!
Und nach dem Takte reget
Und nach dem Maß beweget
Sich alles an mir fort.

Ich kann sie kaum erwarten,
Die erste Blum im Garten,
Die erste Blüt am Baum.
Sie grüßen meine Lieder,
Und kommt der Winter wieder,
Sing ich noch jenen Traum.

Ich sing ihn in der Weite,
Auf Eises Läng und Breite,
Da blüht der Winter schön!
Auch diese Blüte schwindet,
Und neue Freude findet
Sich auf bebauten Höhn.

Denn wie ich bei der Linde
Das junge Völkchen finde,
Sogleich erreg ich sie.
Der stumpfe Bursche bläht sich,
Das steife Mädchen dreht sich
Nach meiner Melodie.

Ihr gebt den Sohlen Flügel
Und treibt durch Tal und Hügel

Den Liebling weit von Haus.
Ihr lieben, holden Musen,
Wann ruh ich ihr am Busen
Auch endlich wieder aus?

Auf dem See

Und frische Nahrung, neues Blut
Saug ich aus freier Welt;
Wie ist Natur so hold und gut,
Die mich am Busen hält!
Die Welle wieget unsern Kahn
Im Rudertakt hinauf,
Und Berge, wolkig himmelan,
Begegnen unserm Lauf.

Aug, mein Aug, was sinkst du nieder?
Goldne Träume, kommt ihr wieder?
Weg, du Traum! so gold du bist;
Hier auch Lieb und Leben ist.

Auf der Welle blinken
Tausend schwebende Sterne
Weiche Nebel trinken
Rings die türmende Ferne;
Morgenwind umflügelt
Die beschattete Bucht,
Und im See bespiegelt
Sich die reifende Frucht.

Gedichte sind gemalte Fensterscheiben!
Sieht man vom Markt in die Kirche hinein,
Da ist alles dunkel und düster;
Und so sieht's auch der Herr Philister:
Der mag denn wohl verdrießlich sein
Und lebenslang verdrießlich bleiben.

Kommt aber nur einmal herein,
Begrüßt die heilige Kapelle;
Da ist's auf einmal farbig helle,
Geschicht und Zierat glänzt in Schnelle,
Bedeutend wirkt ein edler Schein;
Dies wird euch Kindern Gottes taugen,
Erbaut euch und ergetzt die Augen!

Phänomen

Wenn zu der Regenwand
Phöbus sich gattet,
Gleich steht ein Bogenrand
Farbig beschattet.

Im Nebel gleichen Kreis
Seh ich gezogen,
Zwar ist der Bogen weiß,
Doch Himmelsbogen.

So sollst du, muntrer Greis,
Dich nicht betrüben,
Sind gleich die Haare weiß,
Doch wirst du lieben.

Gingo Biloba

Dieses Baums Blatt, der von Osten
Meinem Garten anvertraut,
Gibt geheimen Sinn zu kosten,
Wie's den Wissenden erbaut.

Ist es *ein* lebendig Wesen,
Das sich in sich selbst getrennt?
Sind es zwei, die sich erlesen,
Daß man sie als *eines* kennt?

Solche Frage zu erwidern,
Fand ich wohl den rechten Sinn;
Fühlst du nicht an meinen Liedern,
Daß ich eins und doppelt bin?

Lied und Gebilde

Mag der Grieche seinen Ton
Zu Gestalten drücken,
An der eignen Hände Sohn
Steigern sein Entzücken;

Aber uns ist wonnereich.
In den Euphrat greifen
Und im flüss'gen Element
Hin und wider schweifen.

Löscht ich so der Seele Brand,
Lied, es wird erschallen;
Schöpft des Dichters reine Hand,
Wasser wird sich ballen.

Parabase

Freudig war vor vielen Jahren
Eifrig so der Geist bestrebt,
Zu erforschen, zu erfahren,
Wie Natur im Schaffen lebt.
Und es ist das ewig Eine,
Das sich vielfach offenbart;
Klein das Große, groß das Kleine,
Alles nach der eignen Art.
Immer wechselnd, fest sich haltend,
Nah und fern und fern und nah;
So gestaltend, umgestaltend –
Zum Erstaunen bin ich da.

Epirrhema

Müsset im Naturbetrachten
Immer eins wie alles achten;
Nichts ist drinnen, nichts ist draußen:
Denn was innen, das ist außen.
So ergreifet ohne Säumnis
Heilig öffentlich Geheimnis.

—

Freuet euch des wahren Scheins,
Euch des ernsten Spieles:
Kein Lebendiges ist ein Eins,
Immer ist's ein Vieles.

Zart Gedicht, wie Regenbogen,
Wird nur auf dunklen Grund gezogen;
Darum behagt dem Dichtergenie
Das Element der Melancholie.

Gott und Welt

Der Augenblick ist Ewigkeit.

Erinnerung

Willst du immer weiter schweifen?
Sieh, das Gute liegt so nah.
Lerne nur das Glück ergreifen,
Denn das Glück ist immer da.

Beherzigung

Ach, was soll der Mensch verlangen?
Ist es besser, ruhig bleiben?
Klammernd fest sich anzuhangen?
Ist es besser, sich zu treiben?
Soll er sich ein Häuschen bauen?
Soll er unter Zelten leben?
Soll er auf die Felsen trauen?
Selbst die festen Felsen beben.

Eines schickt sich nicht für alle!
Sehe jeder, wie er's treibe,
Sehe jeder, wo er bleibe,
Und wer steht, daß er nicht falle!

Und wer franzet oder britet,
Italienert oder teutschet,
Einer will nur wie der andre,
Was die Eigenliebe heischet.

Denn es ist kein Anerkennen,
Weder vieler noch des einen,
Wenn es nicht am Tage fördert,
Wo man selbst was möchte scheinen.

Morgen habe denn das Rechte
Seine Freunde wohlgesinnet,
Wenn nur heute noch das Schlechte
Vollen Platz und Gunst gewinnet.

Wer nicht von dreitausend Jahren
Sich weiß Rechenschaft zu geben,
Bleib im Dunkeln unerfahren,
Mag von Tag zu Tage leben.

Grenzen der Menschheit

Wenn der uralte
Heilige Vater
Mit gelassener Hand
Aus rollenden Wolken
Segnende Blitze
Über die Erde sät,
Küß ich den letzten
Saum seines Kleides,
Kindliche Schauer
Treu in der Brust.

Denn mit Göttern
Soll sich nicht messen
Irgendein Mensch.
Hebt er sich aufwärts
Und berührt
Mit dem Scheitel die Sterne,
Nirgends haften dann
Die unsichern Sohlen,
Und mit ihm spielen
Wolken und Winde.

Steht er mit festen,
Markigen Knochen
Auf der wohlgegründeten,
Dauernden Erde,
Reicht er nicht auf,
Nur mit der Eiche
Oder der Rebe
Sich zu vergleichen.

Was unterscheidet
Götter von Menschen?
Daß viele Wellen
Vor jenen wandeln,
Ein ewiger Strom:
Uns hebt die Welle,
Verschlingt die Welle,
Und wir versinken.

Ein kleiner Ring
Begrenzt unser Leben,
Und viele Geschlechter
Reihen sich dauernd
An ihres Daseins
Unendliche Kette.

Gesang der Geister über den Wassern

Des Menschen Seele
Gleicht dem Wasser:
Vom Himmel kommt es,
Zum Himmel steigt es,
Und wieder nieder
Zur Erde muß es,
Ewig wechselnd.

Strömt von der hohen,
Steilen Felswand
Der reine Strahl,
Dann stäubt er lieblich
In Wolkenwellen
Zum glatten Fels,
Und leicht empfangen,
Wallt er verschleiernd,
Leisrauschend
Zur Tiefe nieder.

Ragen Klippen
Dem Sturz entgegen,
Schäumt er unmutig
Stufenweise
Zum Abgrund.

Im flachen Bette
Schleicht er das Wiesental hin,
Und in dem glatten See
Weiden ihr Antlitz
Alle Gestirne.

Wind ist der Welle
Lieblicher Buhler;
Wind mischt vom Grund aus
Schäumende Wogen.

Seele des Menschen,
Wie gleichst du dem Wasser!
Schicksal des Menschen,
Wie gleichst du dem Wind!

Weltseele

Verteilet euch nach allen Regionen
Von diesem heil'gen Schmaus!
Begeistert reißt euch durch die nächsten Zonen
Ins All und füllt es aus!

Schon schwebet ihr in ungemeßnen Fernen
Den sel'gen Göttertraum
Und leuchtet neu, gesellig, unter Sternen
Im lichtbesäten Raum.

Dann treibt ihr euch, gewaltige Kometen,
Ins Weit' und Weitr' hinan.
Das Labyrinth der Sonnen und Planeten
Durchschneidet eure Bahn.

Ihr greifet rasch nach ungeformten Erden
Und wirket schöpfrisch jung,
Daß sie belebt und stets belebter werden,
Im abgemeßnen Schwung.

Und kreisend führt ihr in bewegten Lüften
Den wandelbaren Flor
Und schreibt dem Stein in allen seinen Grüften
Die festen Formen vor.

Nun alles sich mit göttlichem Erkühnen
Zu übertreffen strebt;
Das Wasser will, das unfruchtbare, grünen,
Und jedes Stäubchen lebt.

Und so verdrängt mit liebevollem Streiten
Der feuchten Qualme Nacht!
Nun glühen schon des Paradieses Weiten
In überbunter Pracht.

Wie regt sich bald, ein holdes Licht zu schauen,
Gestaltenreiche Schar,
Und ihr erstaunt auf den beglückten Auen
Nun als das erste Paar,

Und bald verlischt ein unbegrenztes Streben
Im sel'gen Wechselblick.
Und so empfangt mit Dank das schönste Leben
Vom All ins All zurück.

Eins und Alles

Im Grenzenlosen sich zu finden,
Wird gern der Einzelne verschwinden,
Da löst sich aller Überdruß;
Statt heißem Wünschen, wildem Wollen,
Statt läst'gem Fordern, strengem Sollen
Sich aufzugeben ist Genuß.

Weltseele, komm, uns zu durchdringen!
Dann mit dem Weltgeist selbst zu ringen
Wird unsrer Kräfte Hochberuf.
Teilnehmend führen gute Geister,
Gelinde leitend, höchste Meister,
Zu dem, der alles schafft und schuf.

Und umzuschaffen das Geschaffne,
Damit sich's nicht zum Starren waffne,
Wirkt ewiges lebendiges Tun.
Und was nicht war, nun will es werden
Zu reinen Sonnen, farbigen Erden,
In keinem Falle darf es ruhn.

Es soll sich regen, schaffend handeln,
Erst sich gestalten, dann verwandeln;
Nur scheinbar steht's Momente still.
Das Ewige regt sich fort in allen:
Denn alles muß in Nichts zerfallen,
Wenn es im Sein beharren will.

Vermächtnis

Kein Wesen kann zu Nichts zerfallen!
Das Ew'ge regt sich fort in allen,
Am Sein erhalte dich beglückt!
Das Sein ist ewig: denn Gesetze
Bewahren die lebend'gen Schätze,
Aus welchen sich das All geschmückt.

Das Wahre war schon längst gefunden,
Hat edle Geisterschaft verbunden;
Das alte Wahre, faß es an!
Verdank es, Erdensohn, dem Weisen,
Der ihr, die Sonne zu umkreisen,
Und dem Geschwister wies die Bahn.

Sofort nun wende dich nach innen,
Das Zentrum findest du dadrinnen,
Woran kein Edler zweifeln mag.
Wirst keine Regel da vermissen:
Denn das selbständige Gewissen
Ist Sonne deinem Sittentag.

Den Sinnen hast du dann zu trauen,
Kein Falsches lassen sie dich schauen,
Wenn dein Verstand dich wach erhält.
Mit frischem Blick bemerke freudig,
Und wandle sicher wie geschmeidig
Durch Auen reichbegabter Welt.

Genieße mäßig Füll und Segen,
Vernunft sei überall zugegen,
Wo Leben sich des Lebens freut.

Dann ist Vergangenheit beständig,
Das Künftige voraus lebendig,
Der Augenblick ist Ewigkeit.

Und war es endlich dir gelungen,
Und bist du vom Gefühl durchdrungen:
Was fruchtbar ist, allein ist wahr –
Du prüfst das allgemeine Walten,
Es wird nach seiner Weise schalten,
Geselle dich zur kleinsten Schar.

Und wie von alters her im stillen
Ein Liebewerk nach eignem Willen
Der Philosoph, der Dichter schuf,
So wirst du schönste Gunst erzielen:
Denn edlen Seelen vorzufühlen
Ist wünschenswertester Beruf.

Dauer im Wechsel

Hielte diesen frühen Segen,
Ach, nur *eine* Stunde fest!
Aber vollen Blütenregen
Schüttelt schon der laue West.
Soll ich mich des Grünen freuen,
Dem ich Schatten erst verdankt?
Bald wird Sturm auch das zerstreuen,
Wenn es falb im Herbst geschwankt.

Willst du nach den Früchten greifen,
Eilig nimm dein Teil davon!
Diese fangen an zu reifen,
Und die andern keimen schon;
Gleich mit jedem Regengusse
Ändert sich dein holdes Tal,
Ach, und in demselben Flusse
Schwimmst du nicht zum zweitenmal.

Du nun selbst! Was felsenfeste
Sich vor dir hervorgetan,
Mauern siehst du, siehst Paläste
Stets mit andern Augen an.
Weggeschwunden ist die Lippe,
Die im Kusse sonst genas,
Jener Fuß, der an der Klippe
Sich mit Gemsenfreche maß.

Jene Hand, die gern und milde
Sich bewegte, wohlzutun,
Das gegliederte Gebilde,
Alles ist ein andres nun.

Und was sich an jener Stelle
Nun mit deinem Namen nennt,
Kam herbei wie eine Welle,
Und so eilt's zum Element.

Laß den Anfang mit dem Ende
Sich in *eins* zusammenziehn!
Schneller als die Gegenstände
Selber dich vorüberfliehn!
Danke, daß die Gunst der Musen
Unvergängliches verheißt,
Den Gehalt in deinem Busen
Und die Form in deinem Geist.

Ich sah mit Staunen und Vergnügen
Eine Pfauenfeder im Koran liegen:
Willkommen an dem heil'gen Platz,
Der Erdgebilde höchster Schatz!
An dir, wie an des Himmels Sternen,
Ist Gottes Größe im Kleinen zu lernen.
Daß er, der Welten überblickt,
Sein Auge hier hat aufgedrückt
Und so den leichten Flaum geschmückt,
Daß Könige kaum unternahmen,
Die Pracht des Vogels nachzuahmen.
Bescheiden freue dich des Ruhms,
So bist du wert des Heiligtums.

Ros' und Lilie morgentaulich
Blüht im Garten meiner Nähe;
Hinten an, bebuscht und traulich,
Steigt der Felsen in die Höhe;
Und mit hohem Wald umzogen
Und mit Ritterschloß gekrönet,
Lenkt sich hin des Gipfels Bogen,
Bis er sich dem Tal versöhnet.

Und da duftet's wie vor alters,
Da wir noch von Liebe litten
Und die Saiten meines Psalters
Mit dem Morgenstrahl sich stritten;
Wo das Jagdlied aus den Büschen
Fülle runden Tons enthauchte,
Anzufeuern, zu erfrischen,
Wie's der Busen wollt und brauchte.

Nun die Wälder ewig sprossen,
So ermutigt euch mit diesen,
Was ihr sonst für euch genossen.
Läßt in andern sich genießen.
Niemand wird uns dann beschreien,
Daß wir's uns alleine gönnen;
Nun in allen Lebensreihen
Müsset ihr genießen können.

Und mit diesem Lied und Wendung
Sind wir wieder bei Hafisen,
Denn es ziemt, des Tags Vollendung
Mit Genießern zu genießen.

Selige Sehnsucht

Sagt es niemand, nur den Weisen,
Weil die Menge gleich verhöhnet,
Das Lebend'ge will ich preisen,
Das nach Flammentod sich sehnet.

In der Liebesnächte Kühlung,
Die dich zeugte, wo du zeugtest,
Überfällt dich fremde Fühlung,
Wenn die stille Kerze leuchtet.

Nicht mehr bleibest du umfangen
In der Finsternis Beschattung,
Und dich reißet neu Verlangen
Auf zu höherer Begattung.

Keine Ferne macht dich schwierig,
Kommst geflogen und gebannt,
Und zuletzt, des Lichts begierig,
Bist du, Schmetterling, verbrannt.

Und solang du das nicht hast,
Dieses: Stirb und werde!
Bist du nur ein trüber Gast
Auf der dunklen Erde.

Wiederfinden

Ist es möglich! Stern der Sterne,
Drück ich wieder dich ans Herz!
Ach, was ist die Nacht der Ferne
Für ein Abgrund, für ein Schmerz!
Ja, du bist es! meiner Freuden
Süßer, lieber Widerpart;
Eingedenk vergangner Leiden,
Schaudr' ich vor der Gegenwart.

Als die Welt im tiefsten Grunde
Lag an Gottes ew'ger Brust,
Ordnet' er die erste Stunde
Mit erhabner Schöpfungslust,
Und er sprach das Wort: »Es werde!«
Da erklang ein schmerzlich Ach!
Als das All mit Machtgebärde
In die Wirklichkeiten brach.

Auf tat sich das Licht: so trennte
Scheu sich Finsternis von ihm,
Und sogleich die Elemente
Scheidend auseinander fliehn.
Rasch, in wilden, wüsten Träumen
Jedes nach der Weite rang,
Starr, in ungemeßnen Räumen,
Ohne Sehnsucht, ohne Klang.

Stumm war alles, still und öde,
Einsam Gott zum erstenmal!
Da erschuf er Morgenröte,
Die erbarmte sich der Qual;

Sie entwickelte dem Trüben
Ein erklingend Farbenspiel,
Und nun konnte wieder lieben,
Was erst auseinander fiel.

Und mit eiligem Bestreben
Sucht sich, was sich angehört;
Und zu ungemeßnem Leben
Ist Gefühl und Blick gekehrt.
Sei's Ergreifen, sei es Raffen,
Wenn es nur sich faßt und hält!
Allah braucht nicht mehr zu schaffen,
Wir erschaffen seine Welt.

So, mit morgenroten Flügeln,
Riß es mich an deinen Mund,
Und die Nacht mit tausend Siegeln
Kräftigt sternenhell den Bund.
Beide sind wir auf der Erde
Musterhaft in Freud und Qual,
Und ein zweites Wort: Es werde!
Trennt uns nicht zum zweitenmal.

Höheres und Höchstes

Daß wir solche Dinge lehren,
Möge man uns nicht bestrafen:
Wie das alles zu erklären,
Dürft ihr euer Tiefstes fragen.

Und so werdet ihr vernehmen:
Daß der Mensch, mit sich zufrieden,
Gern sein Ich gerettet sähe,
So da droben wie hienieden.

Und mein liebes Ich bedürfte
Mancherlei Bequemlichkeiten,
Freuden, wie ich hier sie schlürfte,
Wünscht ich auch für ew'ge Zeiten.

So gefallen schöne Gärten,
Blum' und Frucht und hübsche Kinder,
Die uns allen hier gefielen,
Auch verjüngtem Geist nicht minder.

Und so möcht ich alle Freunde,
Jung und alt, in *eins* versammeln,
Gar zu gern in deutscher Sprache
Paradieseswortes stammeln.

Doch man horcht nun Dialekten,
Wie sich Mensch und Engel kosen,
Der Grammatik, der versteckten,
Deklinierend Mohn und Rosen.

Mag man ferner auch in Blicken
Sich rhetorisch gern ergehen
Und zu himmlischem Entzücken
Ohne Klang und Ton erhöhen.

Ton und Klang jedoch entwindet
Sich dem Worte selbstverständlich,
Und entschiedener empfindet
Der Verklärte sich unendlich.

Ist somit dem Fünf der Sinne
Vorgesehn im Paradiese,
Sicher ist es, ich gewinne
Einen Sinn für alle diese.

Und nun dring ich allerorten
Leichter durch die ew'gen Kreise,
Die durchdrungen sind vom Worte
Gottes rein-lebend'ger Weise.

Ungehemmt mit heißem Triebe
Läßt sich da kein Ende finden,
Bis im Anschaun ew'ger Liebe
Wir verschweben, wir verschwinden.

Teilen kann ich nicht das Leben,
Nicht das Innen noch das Außen,
Allen muß das Ganze geben,
Um mit euch und mir zu hausen.
Immer hab ich nur geschrieben,
Wie ich fühle, wie ich's meine,
Und so spalt ich mich, ihr Lieben,
Und bin immerfort der *eine*.

Anhang

Nachwort

»Tolle Zeiten hab ich erlebt und hab nicht ermangelt,
Selbst auch töricht zu sein, wie es die Zeit mir gebot.«

Goethes mehr als 3000 Gedichte umfassendes lyrisches Werk ist mit seinem Motiv-, Bild- und Formenreichtum einzigartig in der deutschen Literatur; viele Gedichte gehören zum Kernbestand der literarischen Überlieferung. Seine Lyrik zeichnet sich durch die souveräne Beherrschung des etablierten Formenkanons aus, aber auch durch dessen innovative Überschreitung. Er dichtete Volkslieder, Balladen, Oden, Hymnen in freien Rhythmen, Brief- und Lehrgedichte. Antike Versmaße handhabte er ebenso mustergültig wie die artifiziellen Formen Stanze, Terzine und Sonett; bis ins hohe Alter blieb die vierzeilige Liedstrophe ein bevorzugtes Ausdrucksmittel.

Kreativität auf den unterschiedlichsten Gebieten ist das Hauptsignum von Goethes Leben; die Lyrik ist wohl der Aussagemodus, der am nächsten an den Kern seiner Persönlichkeit heranführt. Krisenhafte Perioden gingen gewöhnlich mit einem Stocken der lyrischen Produktion einher, so die Jahre zwischen 1790 und 1794, die von einem Gefühl der Isoliertheit bestimmt waren. Die Begegnung mit Schiller führte zu einem Wiederaufleben der Kreativität und zu einem Höhepunkt des lyrischen Schaffens. Einen ähnlich markanten Produktivitätsschub brachten mit dem Ende der Befreiungskriege die Jahre 1814/15: In rascher Folge entstanden die Gedichte des *West-östlichen Divan*. Lyrik war für Goethe nicht nur Medium für philosophische, religiöse, zunehmend auch wissenschaftliche Reflexion und die Auseinandersetzung mit der literarischen Tradition, sondern auch Gelegenheitsdichtung in umfassendem Sinne. Die umfangreiche Gebrauchsdichtung für konkrete Personen und festliche

Anlässe entsprang der Stellung am Weimarer Hof, sie war aber auch poetischer Tribut an die wachsende Berühmtheit. Goethes Lyrik verband die literarische Kultur mit der höfischen, bürgerlichen und Volkskultur in einer formalen Vielfalt, die neben den hohen Tönen auch derbe und obszöne Ausdrucksformen aufnahm. Sie diente der intimen Aussprache des Ich ebenso wie dem Dialog mit konkreten Adressaten und der Belehrung oder Verspottung eines anonymen Publikums; so in den Spruchversen, die nach 1800 nahezu täglicher Begleittext des Lebens waren. Nachhaltig prägend wurden Goethes Liebesgedichte; sie gestalteten die Intimität der neuen bürgerlichen Liebeskonzeption mit der gleichen Ausdruckskraft wie fremdkulturelle Formen der Liebe.

Goethes Initiation zum Dichter begann mit einem Autodafé; 1767 verbrannte er an seinem Leipziger Studienort nahezu seine gesamte Jugendproduktion. Die neu entstehenden Gedichte spiegelten den avancierten Geschmack der Leipziger Literaturszene. Bereits die erste gedruckte Gedichtsammlung im Stil der Rokokolyrik, die *Neuen Lieder*, zeigte jedoch erste Anzeichen der Variation vorgegebener Muster *(Die Nacht)*. Eine entscheidende Phase in Goethes Leben war die Straßburger Studienzeit 1770/71 mit den intellektuell und emotional tief prägenden Begegnungen mit Johann Gottfried Herder und Friederike Brion. Poetischer Ertrag war eine Reihe von Gedichten, die den Beginn eines neuen lyrischen Sprechens bezeichneten. Mit dem in den Sesenheimer Gedichten gestalteten erfüllten Augenblick, der Einheitserfahrung von Ich, Natur und Liebe, wurde Lyrik zum Medium der modernen, bürgerlichen Erfahrung von Subjektivität, zur Erlebnislyrik *(Willkommen und Abschied)*. Auch das durch Herder angeregte Sammeln und das eigene Dichten von Volksliedern prägten die lyrische Produktion nachhaltig. Die emphatische Verehrung Shakespeares ebenso wie die Begeisterung für die schottische Bardenpoesie Ossians und die ekstatischen Oden des antiken Lyrikers Pindar wurden Bausteine der Genieästhetik des Sturm und Drang mit ihrer pantheistischen Naturreligion und ihren Kreativitätsphantasmen. Überzeugender Ausdruck des Ich-Gefühls dieser jungen Generation waren die »Frankfurter Hymnen«. Zu der in Friedrich Gottlieb Klopstocks Odendichtung vorgeformten hymnischen Anrufung von Natur und Gott trat in Goethes Hymnen die Selbstinzenierung des Genies hinzu, »göttergleich« in *Wandrers Sturmlied*, in rebellischem Trotz in *Prometheus*. Daß der Versuch der Bändigung dieses genialischen Selbstverständnisses im bürgerlichen Lebenskonzept einer Liebes- und Standesheirat mißlang, zeigt die gescheiterte Verlobung mit Lili Schönemann, die ihren lyrischen Niederschlag in der »Lili-Lyrik« fand *(Neue Liebe, neues Leben)*.

Das Jahr 1775 brachte mit der Übersiedlung nach Weimar einen entscheidenden Wendepunkt in Goethes Leben und ein Ausklingen des zunächst mit dem jungen Herzog Carl August noch fortgesetzten Genietreibens. Entscheidenden Anteil daran hatte die Beziehung zu Charlotte von Stein, deren Ambivalenzen und Sublimierungsleistungen sich in einer komplexen, hochreflektierten Liebes- und Beziehungslyrik spiegelten *(Warum gabst du uns die tiefen Blicke)*. Auch die schwierige Vermittlung der Rolle als Künstler mit der des Weimarer Staatsdieners führte zu einem Reifeprozeß: Das genialische Verströmen der Kräfte, das in einigen Hymnen nachklang *(Harzreise im Winter)*, wurde gebändigt und zur sozialen Bestimmung von Kunst geformt *(Zueignung)*. Poesie wurde zunehmend zum Medium weltanschaulicher Reflexion *(Grenzen der Menschheit)* und eines gewandelten Naturverständnisses *(Wandrers Nachtlied)*. Parallel zu dieser modernen, reflexiven Poesie nutzte Goethe die vormoderne Vorstellungs- und Bildwelt der Volksüberlieferung als plastische lyrische Ausdrucksmöglichkeit *(Der Fischer, Erlkönig)*.

Der Italienaufenthalt 1786 bis 1788, der nach dem fluchtartigen Verlassen des Weimarer Lebens- und Aufgabenkreises eine zweite Initiation zum Dichter bedeutete, trug wesentlich erst nach der Rückkehr lyrische Früchte. Mit Goethes erster Werkausgabe, den *Schriften* von 1789, wurde die frühere, zumeist verstreut oder anonym erschienene Lyrik erstmalig einem größeren Publikum zugänglich. Die nun entstehenden *Römischen Elegien* dokumentierten die Hinwendung zur klassischen Antike. Stimmigerweise konnten diese dem damaligen Publikumsgeschmack anstößigen »Erotica romana« erst nach Beginn der Zusammenarbeit mit Friedrich Schiller, im klassischen Jahrzehnt (1794 bis 1805), veröffentlicht werden. Vier Elegien hat Goethe selbst nicht publiziert, darunter *Mehr, als ich ahndete*; sie wurden erst 1914 ungekürzt gedruckt. Autonomie der Kunst, Vorbildhaftigkeit der griechischen und römischen Antike und ihre Vermittlung mit der Moderne sind wesentliche Merkmale der klassischen Ästhetik, die im Kunstdialog zwischen Goethe und Schiller Kontur annahm. Einer der Höhepunkte der Zusammenarbeit war die Balladenproduktion im »Balladenjahr« 1797, mit der beide den Anspruch erhoben, mustergültige Texte auch in dieser nicht-antiken Gattung zu schaffen *(Der Zauberlehrling, Der Gott und die Bajadere)*.

Nach 1800 nahm Goethe verstärkt andere Bildwelten und neue ästhetische Muster aus der eigenen und aus fremden Kulturen auf. So sind die *Sonette* von 1807/08 von der romantischen Hinwendung zu romanischen Literaturen und ihren artifiziellen lyrischen Formen beeinflußt. Doch blieben die Volkspoesie und die Antike wesentliche Bezugspunkte. Zudem wurde der Orient ein Raum poetischer Imagination und kultureller Grenzüberschreitungen. Ab 1814 entstand der *West-östliche Divan*, in dem Goethe in der Spiegelfigur des persischen Dichters Hafis in einer überbordenden Kreativität neue lyrische Ausdrucksformen erprobte. In dem fiktiven Paar Hatem-Suleika wurden zudem in der deutschen Lyrik bisher unbekannte spielerische Formen des Liebesdialogs gestaltet. Die »deutsche Muse« dieser orientalisch inspirierten Dichtung, Marianne von Willemer, erhielt in einigen Gedichten eine eigene Stimme.

Die 1820er Jahre markieren die letzte Phase des zunehmend gleichnis- und symbolhaften Spätwerks. Das Verständnis von Poesie als Ausdrucksmittel letzter Wahrheiten und rational nicht faßbarer Geheimnisse ist nur das eine Element dieser Lyrik; ein ebenso wichtiger und im zeitgenössischen Vergleich singulärer Aspekt ist die Verbindung von naturwissenschaftlicher und poetischer Erkenntnis, die auf Goethes jahrzehntelangen naturwissenschaftlichen Studien basiert.

Dichten war für Goethe selbstverständlicher und in vielen Lebensphasen alltäglicher Ausdruck der eigenen Subjektivität; Gedichte entstanden häufig in unmittelbarer Reaktion auf politische und kulturelle Tagesereignisse. Mit dem »Historischwerden« der eigenen Person nahm der belehrende Gestus zu; er wurde vielfach zum apodiktischen Spruch verknappt, fand seinen Ausdruck jedoch auch in einer Reihe weltanschaulicher Gedichte *(Eins und Alles, Vermächtnis)*. Persönliche Trennungserfahrungen gestaltet die *(Marienbader) Elegie*, die als Goethes bedeutendstes Altersgedicht gilt. Nach der erstaunlichen sprach- und formschöpferischen Potenz der ersten Jahrzehnte zeigte sich in Goethes Spätstil ein zunehmend spielerischer Umgang mit dem sprachlichen und bildlichen Material, ein Offenhalten der lyrischen Aussage, die vielen Gedichten einen erstaunlichen Aspekt von Modernität verleiht. Der frühe Gleichklang von Ich und Natur *(Mailied)* erscheint entweder in schmerzlicher Brechung oder wird in einem symbolischen Verweisungszusammenhang überhöht *(Dem aufgehenden Vollmonde, Dornburg. September 1828)*.

Die vorliegende Auswahl stellt dem Leser den Formen- und Themenreichtum von Goethes lyrischem Werk in einer Mischung von bekannten und weniger bekannten Texten vor Augen. Sie konzentriert sich auf markante Aspekte, wobei sich aus der Zusammenstellung von Verwandtem ebenso neue Perspektiven ergeben können wie aus unvertrauten Kontrastierungen. So werden in dem Kapitel »Aufbruch« Gedichte versammelt, die ein Lebensprinzip Goethes ausdrücken; »wiederholte Pubertät« nannte er 1828 gegenüber Eckermann eine immer wieder erneuerte Kreativität, wie sie nur »vorzüglich begabten Menschen auch während ihres Alters« vergönnt sei. Produktive Energie leitete dieses Werk auch aus dem Eros ab; die Liebe wird in einer Vielfalt stilbildender Ausdrucksformen bedacht. »Liebe und Liebesdialoge« bildet daher die größte Gruppe, wobei die Anordnung Goethes erotischer Biographie folgt. Das männlich dominierte Geschlechterverhältnis bleibt in der Rollenzuweisung der Frau als Muse zwar gewahrt, in weiblichen Rollengedichten *(Sonette, West-östlicher Divan)* und der Idee des Paars jedoch auch immer wieder utopisch transzendiert *(Wiederfinden)*. Vieltönigkeit zeichnet auch die Gedichte aus, die der Beziehung mit Christiane Vulpius, ab 1806 Christiane von Goethe, zuzuordnen sind; sie reicht von antiken Versmaßen, wie in den erstaunlichen Schwangerschaftsgedichten der *Venezianischen Epigramme* (101, 102), die sich auf die Geburt des Sohnes August 1789 beziehen lassen, bis zu schlichten Liedstrophen, wie im Gedicht *Gefunden* zum 25. Jahrestag der ersten Begegnung. Eine besondere Erkenntnisleistung erbringt Goethes Lyrik in der Gestaltung von »Tages- und Jahreszeiten«; sie ist ein Indikator für Wandlungsprozesse von einem traditionellen, religiös gebundenen Weltbild hin zu subjektiver Wahrnehmung zeitlicher und jahreszeitlicher Phänomene, die im Alter symbolische Verweiskraft bekommen, so in der letzten, 1827 entstandenen Lyriksammlung *Chine-*

sisch-deutsche Jahres- und Tageszeiten (Dämmrung senkte sich von oben). Das Schreiben von Gedichten in allen Lebensaltern gibt Goethes lyrischem Werk, das am Beginn der bürgerlichen Epoche entstand, seine besondere individual-psychologische und psycho-kulturelle Spiegelfunktion:

»Benutze redlich deine Zeit!
Willst was begreifen, such's nicht weit.«

Biographische Notiz

Der Autor

Johann Wolfgang Goethe wurde am 28. August 1749 in Frankfurt am Main geboren. 1765 bis 1768 Jura-Studium in Leipzig, schwere Erkrankung. Nach Rekonvaleszenz im Elternhaus 1770 bis 1771 Studium in Straßburg; Promotion zum Lizentiaten der Rechte. 1772 Rechtspraktikant am Reichskammergericht in Wetzlar. Mit *Götz von Berlichingen* (1773) und *Die Leiden des jungen Werthers* (1774) beginnt Goethes literarischer Ruhm. Auf Einladung des jungen Herzogs Carl August 1775 Übersiedlung nach Weimar, 1779 Ernennung zum Geheimen Rat. 1786 Aufbruch nach Italien, Aufenthalt in Rom bis 1788; dort Überarbeitung der *Iphigenie*. 1791 bis 1817 Direktor des Weimarer Hoftheaters. 1792/93 Teilnahme am Feldzug in Frankreich und Zeuge der Belagerung von Mainz. 1794 Beginn der Freundschaft mit Schiller und damit des klassischen Jahrzehnts bis zu Schillers Tod 1805. 1795/96 *Wilhelm Meisters Lehrjahre*. 1771 bis 1806 Arbeit an *Faust I*; Erstdruck 1808. 1809 *Die Wahlverwandtschaften*. Seit 1791 Arbeit am naturwissenschaftlichen Hauptwerk *Die Farbenlehre*, Erstdruck 1810. 1811 erscheint der erste Teil des autobiographischen Projekts *Dichtung und Wahrheit. Aus meinem Leben*. Nach Ende der Befreiungskriege entsteht ab 1814 der *West-östliche Divan*, Erstdruck 1819. 1821/29 *Wilhelm Meisters Wanderjahre oder Die Entsagenden*. 1827 werden die ersten 10 Bände der *Ausgabe letzter Hand* publiziert. 1831 Verfügung über den literarischen Nachlaß; Versiegelung des Manuskripts von *Faust II*; Erstdruck postum 1832. Am 22. März 1832 stirbt Goethe in Weimar.

Die Herausgeberin

INGE WILD, geb. 1943, Studium der Romanistik und Germanistik in Heidelberg und Saarbrücken. Wissenschaftliche Mitarbeiterin am Afrika-Programm der Universität des Saarlandes; Lehrbeauftragte für Neuere deutsche Literatur an den Universitäten Karlsruhe und Mannheim; derzeit freie wissenschaftliche Autorin in Heidelberg. Veröffentlichungen zu Flaubert, zur Reiseliteratur, zu Goethe, Mörike, Heine, Thomas Mann, zur Jugendliteratur. Zuletzt erschienen u. a.: *Metzler Goethe Lexikon*, Stuttgart-Weimar 1999, 2. verb. Aufl. 2004 (Hg. zus. mit Benedikt Jeßing und Bernd Lutz); *Mörike-Handbuch. Leben – Werk – Wirkung*, Stuttgart–Weimar 2004 (Hg. zus. mit Reiner Wild).

Textnachweis

Textgrundlage der Gedichte ist die im Aufbau-Verlag erschienene Berliner Ausgabe (BA) der Werke Goethes: Poetische Werke. Kunsttheoretische Schriften und Übersetzungen. Hg. von einem Bearbeiterkollektiv unter Leitung von Siegfried Seidel. 22 Bde. Berlin und Weimar: Aufbau Verlag 1960–1978. Bd. I, II: Gedichte und Singspiele; Bd. III: West-östlicher Divan. Epen (daraus: *Derb und tüchtig, Es ist gut, Gingo Biloba, Hatem / Suleika, Hegire, Höheres und Höchstes, Ich sah mit Staunen und Vergnügen, Im Gegenwärtigen Vergangnes, In tausend Formen, Lesebuch, Lied und Gebilde, Phänomen, Selige Sehnsucht, Und wer franzet oder britet, Wiederfinden*).

Gedichtüberschriften und -anfänge

»Man muß sich die Kunden des Aufbau-Verlages als glückliche Menschen vorstellen.«

SÜDDEUTSCHE ZEITUNG

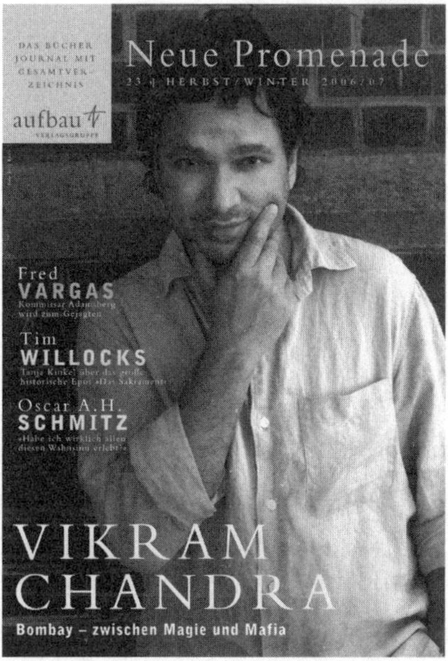

Das Kundenmagazin der Aufbau Verlagsgruppe erhalten Sie kostenlos in Ihrer Buchhandlung und als Download unter www.aufbauverlagsgruppe.de. Abonnieren Sie auch online unseren kostenlosen Newsletter.

aufbau
VERLAGSGRUPPE

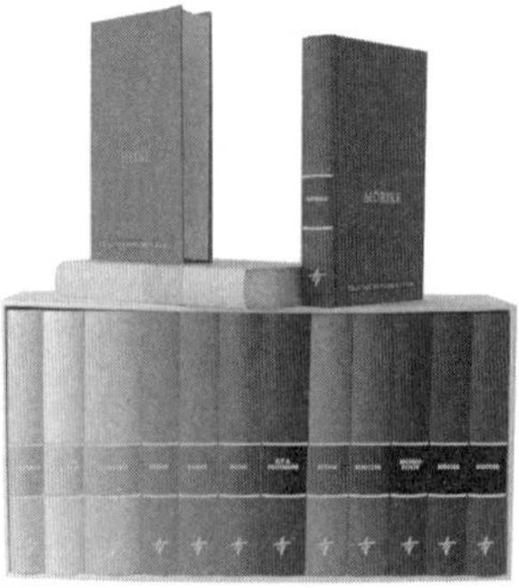

Die Bibliothek deutscher Klassiker
Das Beste in 12 Bänden
Limitierte Sonderedition im Schuber
zum einmaligen Sonderpreis
Mit 12 Frontispizen
Gebunden, 4299 Seiten
ISBN 3-351-02960-8

»Faszinierender Blick auf Gipfelleistungen deutscher Literatur« NEUES DEUTSCHLAND

Das Beste auf 4299 Seiten in 12 klassisch schönen Bänden: Sie enthalten die wichtigsten Werke von Goethe (Werther, Wahlverwandtschaften), Schiller (Räuber, Kabale und Liebe), Hölderlin (Hyperion, Der Tod des Empedokles), Kleist (Gedichte, Erzählungen, Anekdoten), E. T. A. Hoffmann (Lebensansichten des Kater Murr), Eichendorff (Gedichte, Aus dem Leben eines Taugenichts), Raabe (Die Chronik der Sperlingsgasse, Die schwarze Galeere), Heine (Deutschland – ein Wintermärchen, Die Harzreise), Droste-Hülshoff (Gedichte, Die Judenbuche, Bilder aus Westfalen), Mörike (Gedichte, Das Stuttgarter Hutzelmännlein, Mozart auf der Reise nach Prag), Storm (Gedichte, Die Regentrude, Immensee) und Fontane (Effi Briest).

»Sie ist sehr bunt, erstaunlich anspruchsvoll und verblüffend unkonventionell in der Auswahl, diskutabel allemal, aber nie unakzeptabel.« NEUES DEUTSCHLAND

Mehr Informationen erhalten Sie unter
www.aufbauverlagsgruppe.de oder in Ihrer Buchhandlung

aufbau
AUFBAU VERLAGSGRUPPE

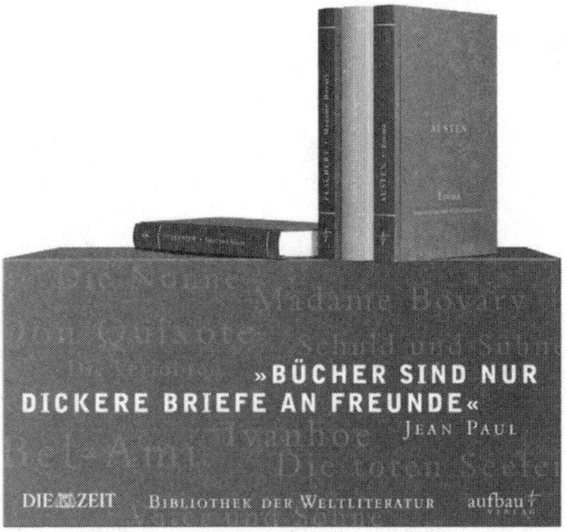

Zum einmaligen Sonderpreis: Die Bibliothek der Weltliteratur

Das Beste aus Spanien, Frankreich, Italien und Rußland auf 4892 Seiten in 12 klassisch schönen Bänden:
Sie enthalten Werke von Alessandro Manzoni (Die Verlobten, 2 Bände), Miguel de Cervantes (Don Quixote), Jane Austen (Emma), Guy de Maupassant (Bel-Ami), Denis Diderot (Die Nonne), Gustave Flaubert (Madame Bovary), Fjodor Dostojewski (Schuld und Sühne, 2 Bände), Iwan Turgenjew (Väter und Söhne), Nikolai Gogol (Die toten Seelen) und Walter Scott (Ivanhoe).

Die Bibliothek der Weltliteratur
Das Beste in 12 Bänden
Limitierte Sonderedition im Schuber
Gebunden, 4892 Seiten
ISBN 3-351-02992-6

Mehr Informationen erhalten Sie unter
www.aufbauverlagsgruppe.de oder in Ihrer Buchhandlung

aufbau
AUFBAU VERLAGSGRUPPE

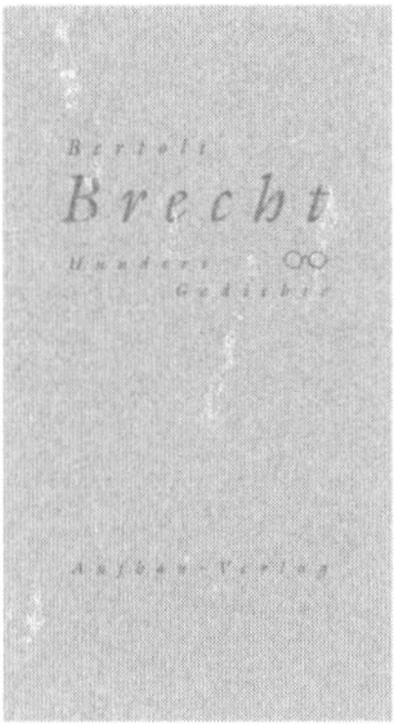

Bertolt Brecht
Hundert Gedichte
1918-1950
Leinen. 269 Seiten
ISBN 3-351-02959-4

»Lyrik für Genießer«

Die erlesene Reihe präsentiert je 100 Gedichte in kundiger Auswahl, und weil zeitlose Schlichtheit, Eleganz und Gediegenheit nicht vergehen, sind die hochformatigen Bände in feinstes Leinen gebunden und mit farbigem Vorsatzpapier ausgestattet.

Heinrich Heine, Hundert Gedichte
Herausgegeben von Jan-Christoph Hauschild
186 Seiten, ISBN 3-351-02946-2

Christian Morgenstern, Hundert Gedichte
Herausgegeben von Frank Möbus
155 Seiten, ISBN 3-351-02947-0

Rainer Maria Rilke, Hundert Gedichte
Herausgegeben von Gisela und Ulrich Häussermann
144 Seiten, ISBN 3-351-02899-7

Mehr Informationen erhalten Sie unter
www.aufbauverlagsgruppe.de oder in Ihrer Buchhandlung

aufbau
AUFBAU VERLAGSGRUPPE

Schneller geht's nicht. Klassiker für Eilige

EDGAR RAI
Homer für Eilige
Die »Odyssee« und die »Ilias« sind die wichtigsten Dichtungen der Antike. Ihre Helden werden heute noch bei jeder Gelegenheit zitiert. Doch wer weiß noch, wie alles anfing und wie alles endete? Wer überblickt die Verstrickungen der eitlen und leicht beleidigten Götter? Wer kennt die deftigen und überraschend zeitgemäßen Urszenen der europäischen Literatur? – Mit Sinn für Komik und den Kampf der Geschlechter erzählt Edgar Rai Homers Werke auf erfrischende Weise nach und bringt sie uns als das nahe, was sie sind: großartige Storys voller Spannung und Psychologie.
214 Seiten. Mit 16 Abbildungen. AtV 1899

TORSTEN KÖRNER
Schiller für Eilige
Friedrich Schiller gehört noch immer zu den populärsten und meistgespielten deutschen Dramatikern. Und doch: Wer weiß schon so ganz genau, warum Wilhelm Tell den Apfel vom Kopf seines Kindes schießen mußte? Torsten Körners Nacherzählungen der acht wichtigsten Dramen Schillers sind pointiert, originell und eine gänzlich unverstaubt lustvolle und unterhaltsame Einführung in das Werk eines großen Klassikers.
152 Seiten. AtV 1959

KLAUS SEEHAFER
Goethe für Eilige
Mit »Faust« beginnend, liefert uns Klaus Seehafer pointierte Nacherzählungen der Dramen und Romane, er wendet sich den spannenden Erzählungen ebenso zu wie den großen autobiographischen Büchern. Zum Schluß weiß der Leser: Goethe ist immer wieder neu zu entdecken.
»Intensivkurse zu großartigen Storys. Sehr empfehlenswert für Einsteiger, aber auch für diejenigen, die andere Sichten erkunden wollen.« STADTMAGAZIN COTTBUS
220 Seiten. AtV 1889

MARY UND CHARLES LAMB
Shakespeare für Eilige
Die zwanzig besten Stücke als Geschichten
Die berühmte Sammlung besteht aus einfühlsamen Nacherzählungen der 20 bekanntesten Shakespeare-Stücke. Ein vorzügliches Geschenk für Schüler, Studenten, das junge Kinopublikum der letzten Shakespeare-Verfilmungen und alle, die raschen Überblick suchen.
Aus dem Englischen von Karl Heinrich Keck. Hrsg. von Günther Klotz. 396 Seiten. AtV 1744

Mehr unter
www.aufbau-verlagsgruppe.de
oder bei Ihrem Buchhändler

aufbau taschenbuch
AUFBAU VERLAGSGRUPPE